백년의
민들레

백년의 민들레

초판 1쇄 인쇄 · 2022년 8월 20일
초판 1쇄 발행 · 2022년 8월 29일

지은이 · 전혜성
펴낸이 · 한봉숙
펴낸곳 · 푸른사상사

주간 · 맹문재 | 편집 · 지순이 | 교정 · 김수란, 노현정 | 마케팅 · 한정규
등록 · 1999년 7월 8일 제2-2876호
주소 · 경기도 파주시 회동길 337-16 푸른사상사
대표전화 · 031) 955-9111(2) | 팩스 · 031) 955-9114
이메일 · prun21c@hanmail.net
홈페이지 · http://www.prun21c.com

ⓒ 전혜성, 2022

ISBN 979-11-308-1940-2   03810
값 17,000원

37
푸른사상
소설선

백 년의
민들레

전혜성 소설집

푸른사상
PRUNSASANG

백 년 전 일제강점기, 여성은 사회 활동의 제약과 억압에 시달렸다. 사회생활 자체가 여성에게 불모지였던 시기에 근대 여성문학의 씨앗을 뿌린 여성이 있었다. 그녀의 생을 소설화해보았다.

그녀를 처음 알게 된 것은 한 교수님이 권해주신 한 권의 책 속에서였다. 작품집은 한눈에 끌렸고, 최초의 근대 여성 소설가라는 것을 알고는 더욱 마음이 쏠렸다.

평소 그 시대에 관심이 많았는데, 그녀의 작품들을 접하고 삶의 과정을 수집하면서 많은 궁금증이 풀렸고, 오랫동안 무한한 애정을 가지고 보물찾기하듯 알아낸 것들이 노트에 채워질 때면 마치 곡간에 곡식이 쌓이는 듯 뿌듯했다.

동문들 모두가 그녀의 일생에 현재의 흐름을 첨가하여 소설을 쓰면 좋을 것이라고 했다. 그녀의 삶과 작품들이 그 시대 상황들을 잘 보여주기 때문에 백 년이라는 세월이 흐른 지금, 현재의 관점을 정리하면서 전개해나가면 독자들에게 신선한 울림으로 다가올 것이고 궁금증도 해소될 것이란 의견이었다. 백 년 전 사회 활동과 문단 활동을 하는 여성들의 수는 손꼽을 정도였고 사회 인식 자체도 상상할 수 없을 정도로 낮았다. 그런 면에서 보면 현 시대는 사회가 다시 태어난 것처럼 새롭다. 특히 여성들의 사회 활동에서 보면 그렇다. 백 년 전과 현 시대를 어떻게 정의하며 어떻게 비교할 수 있겠는가. 이러한 것은 독자에게 맡기고, 작가로서 그저 그녀의 삶을 서툴지만 소설화하여 보여주기로 했다.

살아보지 못한 시대를 생생하게 써내려가기란 쉽지 않았다. 그녀의 시대를 겪어보지 않았지만 자료를 수집하면서 그때의 상황이 피부에 와닿아 많이 아팠다. 그녀의 소설을 많은 부분 참고하였다. 그리고 소설의 재미를 위해 창작된 부분이 그녀의 명예에 해를 끼치지 않을까 염려도 되었다. 다만 최초의 근대 여성 소설가의 삶을 알리는 것이 이 소설의 목적이다. 그 시대의 소소한 실태도 알려주는 것이 의미가 있을 것 같다.

아파트 앞 공터를 빙글빙글 돌면서 어떻게 시작할까, 고민에 싸여 있을 때 발끝에 걸리는 노란 꽃 한 송이가 있었다. 질경이와 냉이, 어린 쑥들에 둘러싸여 피어 있는 민들레였다. 이거다, 그녀의 모습과 교차하는 순간이었다.

온종일 돌아다녀도 흙을 밟기 어려운 요즘, 자연 속 민들레를 보려 해도 일부러 시간을 내어 찾아가는 번거로움을 감수해야 한다. 그러나 관심 갖고 찾아보려는 이가 드물 뿐이지 민들레는 들판에 그대로 그렇게 예쁘게 피어 있다. 그녀의 가치도 이와 같을까. 쉽게 눈에 띄지 않고 찾아보려면 번거롭지만, 그녀가 꽃피운 문학, 서정과 민족 해방을 노래한 시 100여 편과 자유연애를 가부장제의 모순을 고발한 소설 20여 편과 나머지 평론 10여 편, 희곡과 번역시·번역소설들은 항상 그 자리에 있었으며 누군가의 관심으로 그 가치가 빛날 것이라 본다.

백여 년을 앞서간 그녀는 망양초라는 필명처럼 맑고 감성적인 영혼을 가졌다. 최초라는 명에로 외로웠고, 시대적 상황 때문에 어려웠고, 가난과 비방에 시달렸고, 비판에 혹사당했다. 기본적인 삶에 대한 보장도, 화려하게 꽃피운 문학에 대한 인정과 평가를 받지도 못하고. 사람들에게 잊혀진 채 낯선 타국의 허허들판에서 풀꽃이 되었다. 겨우 1980년대 들어 애정을 가진 학자에 의해 작품이 조금씩 발굴되다가 2010년에 와서야 비로소 관심을 가진 학자에 의해 그녀의 작품집이 두껍게 묶어졌다. 그녀는 우리나라가 지난 한 전쟁으로 고통받고 있을 때, 초라하게 병사했고, 매장지가 어딘지도 알 수 없다.

온고지신이 떠오른다. 백 년 전 이야기는 애써 찾지 않으면 화석화되기 쉽다. 뿌리를 찾아보고 나아간다면 이보다 더 좋을 수 있을까. 김명순과 초석이 된 그 시대의 여성 사회 활동가들에게 여성 소설가로서 감사할 따름이다.

　이번이 세 번째 소설집 출간이다. 중편「백 년의 민들레―여성소설의 기원」과 함께 「M」, 「기억의 이분법」, 「해수」, 「해바라기」 단편 네 편을 더해 한 권으로 묶는다. 세 번째 출간이라 덤덤할 줄 알았는데 그렇지 못하다. 출판사에서 내민 손길이라 더욱 설레고 기뻤다. 새내기 대학생이 입학식 날을 기다리는 것같이 들뜬 마음이다. 푸른사상사 관계자들께 고마움을 전한다. 많은 독자들이 소설을 읽을 것이라 믿는다. 언젠가 소설 쓰는 일이 허무하다고 생각할 때가 있었다. 이제는 그런 생각을 저 하늘로 날려버릴 것 같다.

　소설을 마무리하는 지금, 햇볕이 눈부시다. 파릇파릇한 잎사귀들이 싱그럽다. 선생님이 그립고 가슴이 뭉클하다. 나는 백 년 전 사람이 된 것 같다.

2022년 8월에
전혜성

차례

백 년의 민들레

여성소설의 기원

풀꽃 자화상

꽁꽁 얼어붙은 집 주변은 그녀의 마음 같았다.

'차라리 겨울이길 잘된 건지도 모르겠다. 버들가지가 싱그런, 햇빛이 눈부신 여름이라면 더욱 미칠 것이다.' 마흔이 넘어버린 탄실은 목조건물들이 나란히 서 있는 뒷골목을 걸어갔다. 둥그런 보자기 뭉치를 들고 가는 뒷모습은 누가 보아도 초라했다. 도쿄에서의 생활은 평온했지만 초라했다. 사회 밖으로의 내몰림, 문단과의 단절은 오히려 그녀를 평온하게 했다. 그러나 행상을 하면서 생계를 꾸려나가야 할 처지에 놓였다. 봉사단체에서 배려해준 주거지는 초라한 행색 못지않은 것이었다.

탄실은 팔다 남은 땅콩을 방 윗목에 밀쳐내고 쓰러졌다. 겨울이 되면서 거의 반복되는 일이다. 두 평 남짓한 허름한 다다미방에 덩그러니 놓여 있는 것은 땅콩 보따리와 세간 몇 점이 전부다. 그리고 뼛속 깊이 문학이 박혀 있는 이의 거처답게 책 몇 권과 묵은 원고지 꾸러미들이 쌓여 있을 뿐이다.

사랑에 빠졌던 지난날이 그리웠다. 이별의 아픔까지도 그리운 추억이 되어버렸지만 꽃가시내는 아니어도 아직 힘이 남아 있는 중년이었다. 지난날의 추억과 아직 남은 삶의 애착이 있었다. 그녀는 슬며시 움직였다. 사랑의 열정과 문학에 취해 단거리 선수 같았던 젊은 날의 움직임은 아니었지만.

그녀는 두 손을 짚고 천천히 일어났다. 아침에 먹던 된장국을 화롯불에 올리고는 멍하니 된장국이 끓기를 기다렸다. 초점 없는 눈으로 그것을 바라보더니 방 귀퉁이에 쌓여 있는 원고지 뭉치 옆으로 몸을 돌렸다. 사십 대. 여느 아낙네라면 아직 건강하게 움직일 나이지만, 그녀는 환갑이 다 지난 늙은이 같았다. 두 발짝 정도의 거리는 엉덩이로 해결했다.

"애인의 선물, 생명의 과실……."

책을 어루만지는 손길이 애절했다. 오래전에 써놓고 발표하지 않은 원고들도 하나씩하나씩 훑어보았다. 한 장 두 장 원고를 넘기던 그녀는 마지막 소설이 되고 만 「모르는 사람같이」에서 시선을 멈췄다. 짧지만 강렬했던 글, 가슴속이 답답하다가 먹먹하기를 반복했다. 위장이 뻑뻑할 만큼 거칠게 먹은 것도 없는데, 왜 이럴까. 유순과의 이별을 떠올린 때문일까. 파릇파릇 봄날 새싹처럼 설렘으로 만나고 붉그레 물드는 저녁노을처럼 그리움만 한가득 안겨주고 떠난 사람.

'바다 건너 오기 전날, 성균관 앞 포플러나무 아래서 바스락거리던 낙엽이 으깨지도록 기다렸지. 도덕의 굴레로 단절된 그간의 감정을 어떻게 풀 수만 있다면 다시 봄날의 속살처럼 설레던 그때로 돌아갈 수 있을지도 모른다는 기대에 잔뜩 부풀어서는.'

"명순 씨."

부르는 소리에 그녀는 불꽃처럼 타오르는 애정을 억눌렀다. 겉으로는 냉랭한 태도를 애써 보이면서. 그가 "산보하세요?"라며 평범하면서도 어색한 어조로 말을 걸어왔다. 그녀도 "어떻게 오셨어요"라며 마음과는 달리 서먹하게 대답했다. 그러고는 침묵으로 일관했던 그날, 남들의 이목 때문에 우리가 희생되어야 하냐고 울부짖었지만, 유순은 아무 말도 없었다. 다만 우울하게 고개를 떨궜을 뿐이었다. 쓸쓸한 침묵이 계속되던 끝에 유순과 정말 모르는 사람같이 그렇게, 저 창자 밑동에서부터 올라오는 울음을 꾸역꾸역 삼키며 냉정하고 고요하게 헤어졌다.

우연히라도 그와 마주친다면 닫힌 가슴이, 한순간에 바람에 낡은 대문 열리듯 열려버릴까. 헐거운 빗장에라도 걸려 끼익거리다 말 것일까. 두어 번 바람에 흔들거리기는 할 것이다. 아마도. 아직 추억을 떠올릴 만큼의 감정이 남았으니 말이다.

보글보글 된장국이 끓었다. 거의 졸아서 바닥에 눌어붙을 정도가 다 되었다. 조선 된장은 맛이 진하고 짠맛이 강하지만 미소 된장은 싱겁고 맛이 부드럽다. 일에 대한 열정과 함께 늙어버린 위장에는 딱 맞는 국이다. 졸아버린 냄비에 다시 물을 붓고 미소 된장을 한 숟가락 떠 넣는 탄실의 표정이 담담했다. 마지막 열정의 흔적이 짧고 강한 글로 남아 추억거리가 되고, 다시 읽어보는 일 따위가 유일한 낙이라도 된 것에 위로를 삼는 듯했다.

글을 벗 삼은 반생기는 탄실을 지탱해주는 주춧돌이었다. 그나마 시를 끼적이던 때는 행복했다. 험난한 여성 소설가로서의 여정, 몇 안 되는 최초의 여성 문인으로 걸어온 가시밭길, 자유연애를 외치며 자유로운 영혼을 과감하게 펼쳐 보였던 지난날, 영혼과 실상의 가혹한 억압, 이상과 현실의 공허한 괴리, 가난한 유학 생활의 기억들이 한없이 괴롭혔지만 이제 담담하다. 아니, 억지로 담담한 척했다.

그녀의 의지와는 아무런 상관 없이 처음 유학 중에 당한 치욕적인 일이 마구 괴롭히고 있었다. 설렘 가득 바다 건너와 겪은 그 일이 인생을 망쳤다고 이즈음 생각하고 있었기 때문이었다. 예전엔 그 일이 글쓰기와 사랑에 방해가 될 정도는 아니라고 생각했다. 하지만 사십 줄에 들어서야 그 일이 삶의 전환이 되었고, 쥐구멍에서 바깥 동정 살피는 쥐처럼 안절부절 살아왔다고 느꼈다. 그 일로 인해 사랑했던 정유순과의 관계도 시간 속에서 슬픔만 남겨놓고 사라졌다는 생각을 했기 때문이었다.

지난날의 일들이 시간이 지날수록 더욱 생생하게 떠올랐다. 어머니가 떠올랐다. 아버지, 오빠, 자매들이 보고 싶었다. 고향을 노래하던 때가 그리웠다. 꽃과 바람과 별이 있는 밤이 그리웠다. 그녀는 고향 들판에 드문드문 피어 있던 민들레를 떠올렸다. 민들레와 고향, 그녀의 마음은 평양, 고향으로 가고 있었다.

홀로 피는 꽃

민들레는 대체로 길가나 들판에 쑥을 캘 때 자주 보는 흔한 것이지만, 그 씨앗은 바람을 타고 이리저리 날아다니다 어느 곳에 정착했다. 대개는 흙이 기름지고 주변에 풀들이 무성한 틈에서 자랐다. 어떤 특별한 씨앗은 비좁은 돌 틈이나 메마른 삭정이 사이에 끼어서 힘겹게 싹을 피웠다.

일본 공사가 보낸 낭인에 의해 명성황후가 시해되고, 공포와 불안에 떨던 고종을 엄 상궁이 가마에 태워 러시아 공사관으로 옮겼다. 또 미국 망명에서 돌아온 서재필이 개화파 인사들과 정부의 후원을 얻어『독립신문』을 창간했다.

같은 해, 평양군 융덕면의 어느 마을에는 맑고 하얀 눈송이 하나가 바람에 날렸다. 하얀 눈송이 안에는 조금만 티끌이 숨어 있었다.

하늘하늘 솜뭉치 같은 눈송이는 솟을대문이 한껏 멋을 내고 있는 대갓집 앞의 눈 쌓인 도로를 몇 번이나 휘젓고 다녔다. 그러다가 어둠이 사뿐히 내려서야 마침내 멈췄다. 차가운 겨울 밤바람이 이리저리 스쳐가자 그것이 모습을 드러냈다. 나풀나풀 하얀 눈 속을 헤쳐 나온 그 티끌은 잡초처럼 들에서 자생하는 들꽃이었다. 그 씨앗은 홀로 꽃을 피우는 민들레였다. 그것은 흰 꽃을 피우는 토종 민들레가 아니라 개화의 바람을 타고 날아온 노란 꽃을 피우는 민들레였다. 뾰족하지만 가는 그 씨앗은 아주 짧게 차가운 밤공기를 가르며 회오리쳤다. 그러고는 이내 사라졌다.

"응애애, 응애애."

"어머나, 딸이에요. 어쩜 이리 눈이 초롱초롱할까."

앳된 여인 산월은 땀으로 흠뻑 젖은 얼굴을 옆으로 돌렸다. 핏기가 채 닦이지 않은 아기가 발갛게 웅크리고 있었다. 조그맣고 아직 핏덩이에 불과했지만 천사같이 어여쁜 아기였다. 겨우 모로 눕는 산월이 문어처럼 흐느적대자, 아기는 엄마를 알아보았는지 울음을 그치고 조고만 팔과 다리를 꼼지락댔다.

"아직 안 돼요. 한 사흘, 몸 추스르고 먹이세요."

산후의 고통이 사라진 듯 아기를 끌어당겨 젖을 물리려 하자, 놀란 산파의 만류에 산월이 아기를 안으려다 말고 돌아누웠다.

'본처 아들이 이미 집안의 사랑을 독차지하고 있는데, 이 아이는 밝고 곱게 자랄 수 있을까.'

산후 몸조리 기간에는 마음과 몸을 편안히 가져야 할 것이지만 아이의 미래가 더 가시밭길 같아 가슴만 아려왔다.

"탄실아, 이리 온."

산월은 몸조리 중에 자주 찾아주고 탄실이라고 예쁜 이름을 붙여 준 남편 희경이 고마웠다. 또한 산월을 정중하게 대해주는 것에도 고마워했다. "탄실, 탄실." 중얼거리며 얼굴 가득 미소를 머금었다. 남편의 관심이 없는 것은 아니었다. 하지만 남편의 마음속에 아직 자리한 본처의 그늘에서 애타는 목마름으로 살아야 했다. 그 영향은 아이에게도 고스란히 전해지는 듯 애달팠다.

그래도 시어머니는 모녀에게 따뜻했다.

"일자로 뻗은 짙은 눈썹에 적당하게 솟은 코가 아버지를 쏙 빼닮았어. 애고, 하얗고 둥근 얼굴에 작은 입은 에미를 닮았네."

시어머니는 기쁜 표정을 감추지 못했다. 어느 날은 "에미와 아비의 좋은 점만 빼닮았어."라며 얼러주곤 했다.

"예쁘지 않으면 오빠가 반했겠어?"

"이런, 고약한 것."

간혹 빈정대는 시누이를 나무라기도 하면서 탄실을 예뻐했다.

시어머니는 산월에게 따뜻하게 대해주었고, 많은 위안이 되었다. 그나마 험난하기만 한 시집살이를 견뎌낼 수 있었다. 자신의 아들이 선택한 여자여서 그랬을까. 아니면 두 번째 부인이라고 손가락질하는 주위의 사람들 때문이었을까. 본처의 아들과 탄실을 잘 키워주는 산월의 순하고 고운 마음씨 때문이었을까. 그녀를 이해해주고 안아 주는 시어머니는 든든한 힘이 되었다.

"우리 딸, 이 한자를 다 외워? 아이고, 내 새끼. 똑똑하고 이뻐요."
딸에 대한 남편의 사랑이 도토리만큼 작다고 느끼는 산월은 자나 깨나 딸의 안위가 걱정되었지만 한자를 줄줄이 외우는 탄실이 유일 한 희망이고 사는 낙이었다. 평양의 지주였던 탄실의 아버지는 어느 정도의 개화된 사상을 받아들였다. 그 영향으로 그녀는 서당에서 한 학을 배우게 되었다. 서당에서 배운 한학은 탄실이 현 학교에 입학 해서 한글을 깨우치고 시를 짓는 데 많은 도움이 되었다.

"어머나, 명순이는 공부도 잘하고 시도 잘 지어요. 이걸 명순이가 지었어?"
선생님은 탄실이 지은 시를 보고 칭찬을 멈추지 못했다. 순하고 둥근 얼굴처럼 모나지 않고 활달한 성격 때문에 더욱 관심을 가진 것 같았다. 게다가 다부지고 아담한 체구에 분홍 치마와 연두 저고 리를 입은 탄실이 여느 아이들보다 용모가 단정하고 예뻐 보였을 것 이다. 그러니 선생님의 시선을 더 끌었을지도 몰랐다. 그런 데다 문 학소녀다운 우수에 젖은 눈을 선생님은 알아챘는지도 몰랐다.

개화사상을 지니고 나눔의 정신까지 깨어 있던 아버지 덕분에 그 녀는 곧 기독교 개통 야소학교로 전학을 갔다. 어쩔 수 없는 가부장적인 아버지였지만 최선의 방법으로 그녀를 사랑했고, 그 표현의 방법은 어머니 산월이 그녀에게 온 정성을 다하는 데 마음의 힘이 되었다. 그 덕분에 야소학교를 졸업할 때까지는 그나마 행복한 날들이었다. 탄실은 그때가 일생을 통해 가장 부유했고 가장 행복했으리라.

을사조약이 체결되었다. 이토 히로부미의 위협적인 분위기 속에서 국무대신 다섯 명이 체결 협약서에 서명했다. 고종이 이를 무효화시키기 위해, 미국의 루스벨트 대통령에게 도움을 청하는 친서를 헐버트에게 보냈다. 그러나 고종의 시도는 무산되고, 일본의 중재하에 국제적 조약을 맺을 수밖에 없었다. 즉 외교권이 박탈되어 나라가 제구실을 못 했다. 고종은 또 헤이그에 특사를 파견하여 일본의 무력 침략의 부당성을 호소해 국제적으로 이를 파기하려 했으나 실패했다. 탄실은 진명여학교에 입학하여 학문을 익혀가고 있었다.

"명순, 집에서 전보가 왔는데……."

이미 내용을 알고 있는 선생님은 탄실을 걱정 어린 눈으로 바라보며 전보를 건넸다. 그녀도 역시 선생님의 표정을 보며 좋은 일은 아닐거라고 짐작했다. 늘 병약한 어머니는 아닐 거야. 설마? 그러나 전보를 받아 든 탄실이 파랗게 질렸다. 세상에 하나뿐인 영원한 사랑 어머니의 죽음이 그곳에 있었다. 어린 탄실에겐 이보다 힘든 일은 없었다. 낯선 서울 생활이 설움에 겨운데. 감당하기 힘들었다. 이제 갓 입학한 여학교에서의 기쁨이 채 가시지도 않았는데. 이게 웬 날벼락인가. 믿고 싶지도, 인정하고 싶지도 않았다. 그러나 그 전보는 꿈이 아니고 팔을 꼬집으면 손톱 자국이 선명히 드러나는 현실이었다.

"어머니, 애달픈 어머니."

고모의 손을 잡고 평양을 향해 몸을 실은 기차에서도 그녀는 오직 어머니 생각뿐이었다.

'한번 다리 쪽 뻗고 마음 편히 누워보지 못한 어머니. 두 번째 부인이라는 무거운 마음의 짐과 기생 출신이라는 천대 속에서 탄실만 바라보며 사셨던 어머니. 오래도 사셨어야 비웃음과 이 박대를 추억처럼 이야기할 수 있을 게 아니어요.'

"타방 타방 타방네야 너 어디를 울며 가니, 내 어머니 몸 진 곳에 젖 먹으러 울며 간다." 어머니 산월이 보채는 탄실을 토닥토닥 재울 때 불러주던 노래였다. 그 자장가가 귓전으로 흐르는 소리는 아직 생생했다. 기우는 석양에 자장가 선율만 숨질 듯 애타고, 차창가로 펼쳐진 들길에는 미풍조차 구슬프게 우는 것 같았다.

설움에 겨운 기차가 떠나고 집으로 향하는 탄실은 어머니 산월이 탄실이 태어났을 때의 걱정을 똑같이 하고 있었다. 순탄치 않을 앞날에 든든한 끈이 되어주었던 어머니를 잃은 설움에 서럽게라도 울 수 있다면 좋을 것이다.

사랑과 걱정으로 키워주던 어머니 산월은 탄실이 진명여고에 입학하는 해, 서른여덟 살의 나이로 짧은 생을 마감했다. 탄실의 나이 겨우 열두 살이었다.

어머니를 여읜 탄실의 설움은 시간이 갈수록 새록새록 더할 것이 었지만 그나마 할머님의 보살핌으로 그녀는 주어진 현실에 적응하며 여학교를 다닐 수 있었다.

할머니의 환갑날, 동네 사람들과 시끌시끌 잔치를 벌이고 오랜만에 가족들과 마당에 둘러앉아 이야기꽃을 피웠다. 서른 명도 넘는 할머니의 자손들이 마당에 모여 사진도 찍었다. 앞줄에 앉은 까까머리 동생들은 카메라가 신기한 듯 놀란 눈으로 끔뻑거렸다. 하지만 예쁘게 한복으로 차려입은 탄실은 웃을 수 없었다.

어머니가 돌아가신 지 일 년도 되지 않아 마음속의 슬픔을 탄실의 의지대로 자제할 수 없었다. 할머니의 환갑날에 웃어야 했지만 아직 어린 탄실은 그럴 수 없었다. 가면을 쓰고 카메라 앞에 앉을 수 없었던 것이다. 그런 탄실은 열세 살이라고 보기 어려울 정도로 성숙해 있었다. 그녀의 마음속 슬픔이 얼굴에 고스란히 투영되었다. 하얼빈에서는 안중근 의사가 무력 침략의 원흉인 이토 히로부미를 사살하고 그 자리에서 체포되었다는 소식이 전해졌다. 그래도 위태로운 나라의 안위에 조그만 희망이 다가왔던 때이기도 했다.

편견의 끝

민들레는 이른 봄 잡초들 사이에서 꿈틀댔다. 사랑을 가득 품은 주인이 씨를 뿌려 정성껏 가꾸는 것이 아닌데도 파란 다섯 잎이 노란 한 송이 꽃을 받치고 우아하게 자랐다. 대체로 들판에서 질경이나 냉이, 씀바귀 등에 둘러싸여 자라는 것이지만, 사람들이 무심히 내버려두어도 냉이를 닮은 잎사귀를 뽐내며 홀연히 성장하는 민들레는 그 모습도 어여뻤다.

탄실이 아직 진명여학교를 졸업도 하지 못했을 때, 안중근 의사의 거룩한 죽음에도 불구하고 우리나라가 일본에 의해 강제합병이 되었다. 탄실은 주권을 상실한 나라의 설움을 절실히 느끼지 못했지만 분노하며 시를 썼다. 그건 단지 머릿속으로만 느끼는 분노였을지도 몰랐다. 무슨 일이든 그것이 피부로 와닿는 때는 어느 정도의 시간이 지난 뒤이다. 그때가 되어서야 어떤 사건을 예고 없이 당하는 것이 아주 무서운 일이라는 걸 알게 된다. 강제합병은 많은 것을 변화시켰다. 학문을 비롯한 거의 모든 것이 일본을 통해 들어오고, 주권을 빼앗긴 백성의 서러움을 서서히 느껴가기 시작했다.

영국의 지배를 받던 인도에서 간디가 선진국이라 여긴 영국으로 유학을 갔듯, 우리나라도 마찬가지였다. 대부분의 청년들이 일본으로 유학을 갔고, 소수의 여학생들도 있었다. 탄실도 개중에 한 명이었다. 아직 성인이 채 되지 못한 탄실이 식민지 백성의 처지를 뼈저리게 느끼지 못할 때이기도 했다.

진명여학교에서의 차석 졸업은 큰 영광이었고, 넓은 세상을 향해 나아가는 잘 닦인 도로이자 꿈을 실현하는 통로였다. 많은 형제 사이에서 그녀의 존재는 십분의 일의 비중만 차지하는 어떤 것이었다. 따스함과 관심과 사랑의 목마름. 어머니 산월이 그러했듯 그녀도 별반 다르지 않았다. 탄실이 앞으로 나아갈 신여성의 길은 이런 목마름의 일부를 제외한 그 어떤 많은 것을 채우기 위한 것이었는지도 몰랐다. 미처 성장하지 못한 여린 나무처럼 유학길에 오르지 않았다면 분명 그렇게 생각했을 것이다.

탄실은 부푼 꿈을 안고 시부야를 향해 배에 올랐다. 그녀는 답답한 객실보다 배 갑판에서 망망대해를 바라보는 일이 훨씬 신났다.

이른 봄의 바닷바람은 겨울잠에 빠진 동물들을 깨우기에 적합했고, 풍선처럼 부풀어 있는 탄실의 마음을 터트리기라도 할 듯 날카로웠다.

"저기……."

너울대는 파도에 몸을 맡기고 벅찬 생각에 잠겨 있는 탄실에게 낯선 남자가 다가왔다.

"네에?"

"실례인 줄 알지만 무료한데 말동무나 하면서 가는 게 어떨까요?"

늠름한 모습에 일본 군복을 입은 젊은 남자였다. 혼자 가는 일본 유학길이 낯설고 외로웠던 참에 말동무는 충분히 할 수 있을 것이다.

"도쿄는 어쩐 일로 가세요?"

"여학교에 편입학 하러 갑니다."

"아, 그러십니까. 저는 도쿄 근처에서 군 복무하고 있습니다."

탄실은 훤칠한 키에 딱딱해 보이는 외모와는 달리 자신의 이야기를 슬슬 털어놓는 이 군인 남자에게 호감이 갔다.

남자는 자신을 이준영, 일본 이름은 다나카 겐조라고 소개했다. 탄실도 시부야의 국정여학교에 다닐 거라는 얘기를 했다.

배는 거친 물살을 가르며 빠르게 달렸다. 남자와 이런저런 이야기를 하느라 우리나라와 가장 가까운 나라, 우리에게 세상의 넓음을 몸소 체험하게 만든 일본의 항구가 저만치 보이는 것도 볼 수 없었다.

"벌써 내릴 때가 되었네요."

탄실은 어떤 말 대신 미소로 답했다. 이제껏 많은 이야기를 주고받았지만 배 안에서 처음 본 남자다. 그리고 일본 군복을 입고 있다.

"도쿄엔 아는 사람이 있나요?"

"별로……"

"그럼, 외롭거나 도움이 필요하면 연락하세요."

남자는 쪽지에다 자신의 주소를 적어주었다. 쪽지를 받아 드는 탄실은 여전히 미소를 띠었다. 가끔 만나서 이야기라도 나누면 좋을 것 같았고, 자신의 주소는 말하지 않아도 알 것이라 생각했다.

그녀가 시부야역으로 가는 기차를 타고도 떠날 때까지 그 남자는 은은히 바라보고 서 있었다.

시부야 여학교 생활은 진명여학교에서와는 딴 세상이었다. 학년이 올라서 교과과정이 다르고 어려운 것이 당연하지만, 일본 여학생들 사이에서 한국 유학생은 빨간 장미밭에 혼자 핀 민들레 같았다. 바람을 따라 씨앗이 날리다 장미밭에 떨어져 피어난 잡초 같은 민들레였다. 그나마 조선에서 유학 온 이웃 학교의 또래 친구들을 만나는 즐거움이, 외롭고 힘든 유학 생활에 위로가 되었다.

"남자와 여자가 같은 감정을 느낄 때 사랑을 하는 거 아냐?"

도쿄 생활의 외로움과 이성의 호기심이 한창 움트는 시기였던 탄실게는 같은 유학생들과 어울려 동고동락하는 일이 재미있었다. 또한 예쁜 꿈을 가졌던 자유연애의 호기심을 채워주는 그 어떤 것이었다. 게다가 유학생들은 도쿄 생활의 동질감까지 스스럼없이 통했다. 이들과의 만남은 조선의 여자들이 부모님이 정해주는 정혼자와 결혼하고 가정과 남자에게 얽매여 있는 현실과는 전혀 다른, 신세계의 자유 그 자체였다. 자유로운 영혼에 자유로운 만남을 신봉하고 소설가가 되려는 당찬 꿈을 가진 그녀에겐 도쿄에서의 유학 생활이 더할 수 없이 즐거웠다.

이준영, 이 남자를 배 안에서 만나지 않았다면 분명 그랬을 것이다. 유학생들끼리 서로 사랑이 싹터서 만나고 깊은 관계를 맺는 것이 자유연애라고 토론했다. 그러했기에 일방적으로 선택당하는 것이 아닌, 서로 사랑이 싹터서 맺는 그런 자유연애. 그도 당연 그런 연애론을 가진 남자일 것이라 여겼다.

"우리, 산책할까요?"

이준영이 학교 앞까지 찾아와 탄실을 기다리고 있었다. 그날 이후로 어설프게 학교 생활을 하고 유학생들과 어울려 지내는 동안 이준영을 잊었다. 쪽지는 어디 책상 서랍에 있을 것이다.

"아, 네. 잘 지내셨나요?"

그래도 배 안에서의 긴 항해를 같이하여 지겹지 않았기에 탄실은 약간의 반가움을 표시했다. 다짜고짜 산책하자는 남자의 제안에도 웃으면서 시간을 허락했다. 어차피 집에 돌아가봐야 혼자 저녁을 먹을 게 뻔했다. 마침 오늘은 유학생 모임도 없는 날이었다.

"부대 주변에 좋은 산책길이 있거든요. 거기로 갈까요?"

같이 저녁을 먹은 이준영이 산책을 권했다. 그녀도 흔쾌히 허락하고 따라나섰다. 그것이 준영의 음흉한 마음인 줄은 전혀 알아차리지 못했다. 그녀를 유혹하는 것인 줄은, 아직 어린 나이였으므로. 약간의 경계심이 생겼지만 군복을 입고 신분이 확실한 이 남자를 의심하지 않기로 했다.

"어둠이 내리는 지금이 좋지 않나요?"

"네, 운치 있고 낭만적이죠."

군부대를 한 바퀴 도는 길은 제법 길었다. 가로수들이 양쪽으로 늘어서 제법 은은함도 느껴졌다. 입구에서 가까운 곳에는 사람들도 띄엄띄엄 눈에 띄었다. 안으로 들어갈수록 숲이 우거졌고, 그들처럼 남녀가 걷는 모습도 눈에 들어왔다. 둘은 마치 연인처럼 이런저런 얘기를 주고받느라 밤이 내리는 줄도 모르고 걸었다. 달빛에 그림자가 길어진 걸 알고 탄실이 주위를 살폈을 때는 이미 어둠이 내려 인적이 뜸했다. 가뜩이나 군부대 주변은 인적이 없는 곳이다. 그때야 탄실은 슬슬 무서움이 밀려왔다.

"이제 돌아가야겠어요."

탄실이 밤이 깊어지는 것을 염려하며 이준영에게 돌아갈 것을 권했다. 그때였다. 주변을 두리번거리던 준영이 그녀의 손을 잡았다. 그러고는 거칠게 그녀를 숲으로 끌었다.

"왜 이러세요?"

"잠깐이면 돼."

"이것 놔요. 나, 집에 갈래요."

탄실이 무서움에 준영의 손을 뿌리치려고 했다. 그러나 준영은 그녀의 손을 더욱 움켜잡고 나무 기둥에다 밀어붙였다. 탄실이 그를 온몸으로 밀쳤지만 요지부동이었다. 이준영의 눈빛이 이글거렸다. 몸을 뒤틀어 빠져나가려 발버둥칠수록 그는 더욱 그녀의 몸을 거칠게 안았다. 그는 불타는 눈으로 얼굴을 움켜잡고 입술을 덮쳤다. 그러고는 저고리를 벗기기 시작했다. 그녀의 몸이 마구 흔들렸다. 마침내 둘은 숲속의 잡초에 나뒹굴었다. 순식간에 치마가 아무렇게나 찢겨지고 내동댕이쳐졌다. 반라가 된 그녀가 두려움에 떨고 있는 사이 이준영의 아랫도리가 드러났다. 탄실이 주변을 손으로 더듬으며 어떤 것이라도 도움을 받아 이 난국을 벗어나려 했지만 잡히는 것은 잡초들뿐이었다. 준영이 떨고 있는 그녀를 덮쳤다. 탄실이 필사적으로 발버둥치며 그를 밀어내었지만 막다른 골목에서 도망갈 길은 어디에도 없었다. 큰 바위에 깔린 작은 풀꽃에 불과해질 무렵, 그의 혀를 사정없이 물었다. "아아아!" 입을 감싸며 이준영이 나가떨어졌다.

탄실은 풀밭을 엉금엉금 기어 나와 어둠 속을 달렸다. 발바닥이 찢어졌는지 아픔이 밀려왔다. '이쯤이면 이준영도 돌아갔겠지.' 숨을 헉헉대며 걸음을 멈췄다. 손에 잡히는 대로 들고 온 찢어진 치마로 몸을 감싸고, 숨을 몰아쉬었을 때는 이미 주변은 짙은 어둠이 내려 사물을 분간하기 어려울 정도였다.

한차례 번개와 천둥이 지나갔을까? 내가 왜 이곳에, 왜 이러고 있지? 캄캄한 어둠 속에 버려진 이 몸뚱이는 내가 아닐 거야. 그래, 맞아. 내가 아닌 것이야. 탄실은 헝클어진 머리와 아픔이 밀려오는 몸을 매만질 생각이 들지 않았다. 머나먼 타국에서 이게 무슨 꼴이야. 내가 바라던 것은 이런 게 아니야. 아니라구! 이렇게 돌아갈 수 없어!

휘청거리며 탄실은 걸었다. '이건 강간이야. 강간이라구!' 꽥꽥 소리라도 지르고 싶었다. 하지만 소리치면 칠수록 그것은 가슴으로 파고들었다. 송곳처럼 날카롭게 파고들었다. 휘청거리다 발길이 닿은 곳은 강이었다. 검은 강물이 아가리를 벌리고 기다렸다고 반기는 것 같았다. 어서 들어오라고 어서 와, 어서 와. 너같이 만만한 소녀가 오는 곳이야.

그녀가 눈을 떴을 땐 조그만 다다미방이었다.

"보아하니 학생인 것 같은데, 어쩌자고 강에 뛰어들어. 마침 그물을 거둬들이러 나가는 시간이라 학생을 발견했지. 하마터면 큰일 날 뻔했어. 인적도 없는 곳에서 게다가 캄캄한 밤에."

"고맙습니다."

행여 자신의 일을 알까 봐 두려웠던 탄실은 더듬더듬 옷을 여미며 예의 바른 인사를 했다.

"그 옷 입고 가게나."

일본 기모노를 입었지만 조선 말을 하는 중늙은이는 탄실을 측은하게 바라보았다. 탄실이 부끄러움과 창피함을 무릅쓰고 그 집을 나왔을 때 거리는 온통 뿌예지고 있었다.

이날의 일을 평생 잊지 못할 것이다. 그리고 이 남자 이준영! 어떻게 해야 이 억울한 심정을 달랠 수 있을까? 뿌예지는 거리 곳곳에 탄실의 미움이 스며들었다.

이 일은 인생의 이정표를 뒤바꾸는 중요한 사건이 되고 말았다.

세상이 그녀를 색안경을 끼고 바라보는 일이 될 줄이야. 그것은 불명예와 치욕으로 휘감아버리는 회오리바람이었다. 모래와 온갖 쓰레기를 몰고 덤벼드는 강한 회오리바람이었다.

"이것 봐, 명예가 생명인 우리 학교에 너 같은 아이는 없어져야 돼."

"아냐, 난 아니라고!"

"네가 짝사랑하다 그렇게 되었잖아!"

가끔 고양이처럼 할퀴어대는 같은 반 히라네였다. 노란 신문을 들이대며 탄실의 속을 긁어대는 것이다. 욕정을 채우지도 못하고 혀만 물린 개 같은 꼴이 된 이준영이 그냥 있을 리 없었다. 그가 오히려 피해자인 것처럼 짝사랑 운운하며, 혀 물린 사건을 언론에 알렸다. 설상가상이었다. 그날 이후 그녀는 겨우 몸을 추스르고 부끄러움도 무릅쓰고 뒤틀리고 멀미가 일 것 같은 속을 달래며 학교에 왔다. 그런데 동급생들은 위로는커녕 그녀를 시궁창으로 몰아넣고 있지 않은가.

일본인인 척하는 가해자 이준영으로 인해 피해자인 그녀는 순식간에 가해자로 전락해버렸다. 더 기가 막힌 것은 언론이 이준영, 다나카 겐조를 감싸고 돌고 그를 변호하듯 보도했던 것이다. '짝사랑한 여인의 자유분방한 행동이다'라며 순식간에 탄실을 지조 없는 여자로 둔갑시켜놓았던 것이다.

자유로운 영혼을 가진 조그만 소녀에게 이 일은 감당하기 힘겨웠다. 쌀가마니를 이고 얼음판을 건너는 것과 같았다. 자연스럽게 인연을 만나서, 스스럼없이 사귀다가 결혼을 하려 했다. 그러나 그날은 탄실의 신념이 하루아침에 와르르 무너지는 날이었다. 열정으로 똘똘 뭉친 문학 공부까지도 접어야 했던, 불더미 속에 던져진 지옥 같은 아침이었다.

주권을 빼앗긴 나라의 백성은 그것을 앗아간 국민보다 두어 계단 아래서 그들과 겨루었다. 키 높이가 다른 것이다. 그러니 어깨에 언제나 억울함이 무겁게 내려앉았다. 그렇지만 개중에 어떤 이들은 시류를 잘 이용하여 부귀와 안락함을 누리기도 했다.

"난 이렇게 돌아가고 싶지 않아!"

설움에 북받쳐 짐을 싸던 그녀는 울부짖었다.

여성소설의 탄생

태생이 홀로인 민들레는 무리로 피어나지 않았다. 언제나 혼자 띄엄띄엄 피어서 노란 꽃을 발산했다. 푸른 잡초 사이에서 유독 꽃으로 피어난 민들레는 눈여겨보지 않아도, 네잎 클로버처럼 애써 찾지 않아도 선명히 드러났다. 청아하고 순진한 노란 꽃송이는 사람들의 눈길을 끌기에는 충분했다.

이듬해 숙명여고보는 찬란한 유학의 큰 꿈을 접고 돌아온 그녀에게 편입학을 할 수 있는 기회를 주었다. 그래도 탄실을 위로하는 것은 학교와 그녀를 도와주는 사람이 있다는 것이다. 그는 평양의 부호였고, 그림을 그리는 정유순이었다. 그를 만난 것은 목마른 그녀에게 생명수와 같았다.

정유순을 만났던 그때, 3월이라지만 예년에 없던 한파로 날씨는 영하로 내리막을 달렸다. 그녀가 유순의 전시회에서 차를 얻어 마신 것도 봄날씨 같지 않은 추위 때문이었다. 여학교 친구 순희와 전시회를 구경하고 있었는데, 추위에 벌벌 떠는 두 사람에게 호의를 베푼 건 정유순이었다. 얼어버린 몸을 녹이려고 그가 건네는 따뜻한 차를 마시지 않았다면 그와의 만남은 흘러갔을 수도 있었다. 만나야 할 사람은 어떻게든 만난다고 했다. 우연 같은 필연은 그렇게 시작되었다.

"조금만…… 움직이지 말고."
"아이, 힘들어."
탄실 일행에게 차를 건네고 그녀에게 호감을 표시한 건 유순이었다. 총명하고 청순한 그녀의 외모에 끌린 유순은 탄실의 고모 집에 자주 드나들었다. 그녀도 유순의 훤칠한 외모와 애수 젖은 눈매에 끌리긴 마찬가지였다. 그는 문학에 대한 대화 상대자로 적격이었다. 게다가 탄실이 사회 활동을 하는 것을 적극 지지했다. 일찍 떠난 어

머니, 서울 생활의 외로움, 불명예로 점철된 유학 생활의 여운이 집
요하게 괴롭히던 그때, 따뜻한 마음과 서로 공감되는 문학적 감성을
지닌 그에게 탄실은 곧 빠져들었다.

"다 되어가. 마지막 화룡정점이야."

"이제, 배고파요. 내 몸이 석고가 되었단 말예요. 난 석고가 아녀
요!"

"휴우, 다 됐다. 이리 와봐."

석고상처럼 굳어 있던 탄실이 쪼르르 유순 곁으로 갔다. 달걀 같
은 얼굴이 도화지 속에서 살포시 웃고 있었다.

"어머나! 나를 그려야지, 달을 그리면 어떡해요. 웃고 있는 달 같
잖아요."

"하하하, 그대가 달이라오. 어두운 밤을 밝혀주는 달. 귀엽고 맑
은 타원형 달 말이오."

유순에게 탄실은 달이었다. 어두운 세상을 밝게 비추는 달, 해가
사라지고 사방을 분간하기 어려울 때 구세주처럼 나타난 둥글고 따
사로운 달.

정유순과 있는 동안 그의 정혼자가 투기 어린 눈으로 돌아간 이
후로 고모는 탄실을 더 혹독하게 감시했다. 유순은 난처한 듯 동정
깊은 눈으로 탄실을 바라보았다.

혼인을 정하려고 성급하게 서둘러대는 고모를 피해 집에서 나온

후, 탄실은 그리운 사람과 즐겁게 생활할 것을 생각하니 꿈만 같았고, 유순과 영원히 함께 있고 싶었다. '도덕적이지 못하다고 손가락질하고, 사회제도에 어긋난 행동이라고 돌팔매를 당할지라도 그와 함께라면 어떤 고난이든 견딜 수 있으리라.'

정유순의 도움으로 셋방에서 자취 생활을 하면서 이화학당에도 다니게 된 그녀는 자유로움을 맛보기 시작했다. 유순과의 만남도 자유로웠고, 학당을 다니면서 다시 들게 된 펜과 잉크도 글쓰기에 활발하게 사용되었다. 그것이 아주 짧은 행복이고, 이 짧은 행복의 틈새로 얼마나 많은 가시들이 돋아날지 눈곱만큼도 알지 못한 채였다.

하웁트만의 「외로운 사람들」을 읽은 탄실에게 고전소설은 시대의 흐름을 역행하는 것이었다. 축첩의 갈등과 구어체, 늘 배경이 중국의 어디어디이고, 우연히 조력자를 만나 역경에서 구출되고, 끝은 언제나 행복하게 잘 살았다, 였으니.

'시대는 지금 긴 머리를 자르고 엿이나 약과가 주 군것질거리였다가 양탕국이라는 커피와 드롭스 캔디에 초콜릿을 먹기 시작한 때가 아니던가. 또 사람들이 입는 옷은 어떻고? 양복에 구두를 신고, 소매는 좁고 활동하기 편할뿐더러 치마도 짧아지고 여성도 바지를 입는 이 시대에, 서양의 학문이 물밀 듯 들이닥치고 문학의 형식이 다양하게 표현되고 있는데, 소설도 달라져야 돼!'

탄실은 지금까지 시도해보거나 이미 나와 있지 않은 소설을 써야겠다고 다짐했다. 그 마음속에는 꿈을 실현하고 사회에 나가 활동도

하고 소설가로서 인정받고 싶은 욕망이 가득했다.

'먼저, 신파조의 문장부터 고쳐야 해. 그리고 배경을 왜 다른 나라 어디라고 했을까? 우연한 만남도 있을 수 없어. 주제도 시대에 발맞춰 사회제도에 얽매이지 않고 자유롭고 활발하게 펼쳐야 돼. 특히 여성들의 인격이 평등하게 대접받아야 돼. 그러기 위해서는 정략혼인이나 부모의 강요에 의한 혼인이 아닌, 여성 스스로가 주체가 되어 남성을 선택하고 자유로운 연애에 의해서 결혼도 해야 돼.'

탄실이 처음으로 시도한 소설의 주제는 모순된 가부장주의와 남성우월주의가 낳은 폐단에 관한 내용이었다. 처음 써보는 이런 주제의 소설이 자신의 운명을 바꿔놓을 것이라고 굳게 믿었고, 소설 신인상 공모전에 당선되기 위해서는 지금까지와는 다른 형식과 내용이어야 한다고 확신했다. 그것은 일찍부터 한문을 배우고 고전소설을 읽어오면서 그 진부한 형식을 알고 있기도 했지만, 도쿄 유학 시절에 배우고 듣고, 세계 여러 나라 소설들을 읽어온 영향이 더 컸다.

한 발 나아간 소설을 쓰는 것이 그녀의 꿈이자 성공의 길이라 생각했다. 그러나 잘 쓸 수 있을지가 언제나 의문으로 남았다. 소설을 가르쳐주는 스승이 있거나, 기존에 근대화된 소설들이 널려 있는 상황도 아니었기에 그녀는 고민과 어려움에 시달렸다. 게다가 여성 소설가들이 단 한 명도 없었고 경제적으로도 풍족하지 않으니, 이중삼중의 고통에 시달렸다.

며칠을 두고 고민하던 탄실은 손뼉을 딱 쳤다.

'규범을 넘어선 주제, 하웁트만의「외로운 사람들」을 스승으로 두고 고전소설의 단점을 찾아내는 거야.' 드디어 그녀의 서툴기만 한 소설쓰기가 시작되었다.

'제목부터 명사로 딱 떨어지거나 고리타분한 한문투를 벗어나야 해. 그리고 구어체 문장과 허공에 떠다니는 인물이 아닌 실제로 있을 법한 인물부터 정해야 해.'

탄실은 어렸을 때부터 한문을 배우고 고전소설을 읽어온 것이 이처럼 많은 도움이 될 거라고는 생각을 못했다. 새삼 놀라 혼자 아! 하고 탄식을 자아냈다.

'인물을 어떻게 정하지? 그래, 현실적이고 독자들에게 동정을 살 만한 인물, 흔하고 그저 이웃에서 쉽게 들을 수 있는 이름. 나이는 팔, 구세쯤. 이름은?' 잠시 생각하던 탄실이 손뼉을 쳤다. '옳지! 범네, 우리 집에서 일하던 어멈의 딸 이름으로 하자.'

탄실은 잉크를 잔뜩 묻힌 펜으로 누런 종이에 조목조목 적기 시작했다. 그리고 또 고민에 휩싸였다.

'그럼, 이야기 전개를 어떤 식으로 하면 좋을까?'

여학교 다니면서 배운 것과 일본 유학 시절에 듣고 읽은 소설들에서 참고할 것들을 메모해둔 공책을 펼쳤다.

'그냥 줄줄이 엮어나가면 고전소설이나 다를 바 없어, 단계를 정해놓고 내용을 극적으로 끌어올리면 좋겠지. 발단, 전개, 위기, 절

정, 결말의 형식으로.'

여기까지 써놓고 목이 타는지 물을 한 모금 마신 탄실은 시계를 보았다. 작은 손목시계의 분침이 일곱 시 삼십 분을 조금 지나고 있었다. 일하러 가기까지 두 시간 정도 남았다.

정유순의 도움만 믿고 학당에도 다니고 생활까지 하기엔 너무 염치없는 일이었다. 그녀는 방학 때만이라도 어떤 일이든 해서 조금이라도 돈을 벌고 싶었다. 여학교 친구 순희의 소개로 어렵게 구한 일자리는 잡화상의 점원 일이었다. 주인이 자수로 성가하여 문을 연 지 얼마 되지 않았지만, 손님이 많아 점원을 구한다는 말을 듣고.

"네가 공부한 것에 비하면 보잘것없는 일인지 모르겠다."

"아냐, 지금 이 일 저 일 따질 때니!"

순희는 탄실을 진심으로 걱정해주었다. 순희에게 고마웠다. 순희는 유순과의 관계를 처음 알았을 때는 다른 사람들처럼 비난 섞인 말투를 일삼았다. 그러나 탄실의 진실된 마음을 알고 나서는 유일하게 위로해주고 언제나 그녀 편에서 이해해주려 했다.

이 잡화점에서 판매하는 것들은 모두 탄실이 필요로 하는 것이기도 했지만 무엇보다 소설가 지망생인 그녀를 매료시킨 것은 책과 문방구, 학생용품이었다. 주인이 싸게 많이 파는 식으로 경영을 했으므로 상점은 늘 사람들로 붐볐다. 주인은 보기 드물게 공손했다. 일을 심하게 시키지도 않았고 탄실이 틈틈이 책을 봐도 손님이 없을 때를 활용했기 때문에 그냥 내버려두었다.

이 수입으로 정유순이 모르는 용돈을 쓸 수 있어 천만다행이었다.

'삼십 분 정도라도 더 소설 구상을 하고 일어나야겠다.'

라고 생각한 탄실은 얼른 펜을 잉크에 적셨다.

'그럼, 이제 배경과 인물을 설정해야겠는데……. 멀리 갈 필요 없지! 내 고향 평양이면 되지. 인물은?'

탄실은 또 찬물을 벌컥벌컥 들이켰다.

'범네의 그 반대 역으로는 누굴 할까? 음…….'

여기서 그녀는 또 한 번 난관에 부딪혔다. 그녀의 주변은 온통 유교적 가부장주의에 사로잡힌 남자들이다. 또 뼈대 있고 전답이 많은 부호라는 그들은 본처 외에 한두 명의 소실들을 두고 있지 않은가.

여기까지 구상을 하던 그녀가 갑자기 펜을 던졌다. 어머니가 생각났기 때문이었다. 더 이상 진도가 나가지 않았다.

"아, 어머니!"

꽃다운 나이에 세상의 빛도 제대로 보지 못하고 떠난 어머니. 오늘은 이만해야겠다고 생각하고 탄실은 길가로 난 창문으로 갔다. 미닫이창 너머로 고개를 밀고 밖을 보았다. 좁은 골목에는 소학교를 가는 아이들이 두어 명씩 짝을 맞춰 지나갔다.

'저 나이 때 어머니가 돌아가셨어.'

가슴이 저려오고 눈시울까지 뜨거워졌다. 어머니 없이 살아온 날들이 연기처럼 피어올라 눈물이 주르르 흘렀다. 억울하게 누명을 쓰고 쫓겨나다시피 다시 바다를 건너온 일. 그 일로 그녀가 시달리고 가슴에 쇳덩이가 늘 들어앉은 것 같은 우울한 증세들.

'아, 이럴 때 어머니가 계셨으면 속마음을 털어놓고 펑펑 울기라도 했을 텐데. 세상 누구도 이 억울함을 믿어주지 않을 때 어머니는 나를 따뜻하게 안아주었을 텐데. 지옥 같았던 그 고통이 조금이나마 덜어졌을 텐데.'

어머니에 대한 그리움과 일찍 가버린 데 대한 원망이 함께 섞여 슬픔과 원망이 번갈아 머리를 아프게 했다. 악몽 같았던 설움과 답답함이 밀려와 그녀는 혼란스러웠다.

주인집 마루에 걸려 있는 괘종시계가 뎅뎅뎅뎅…… 하고 그녀를 현실세계로 돌려놓았다. 탄실은 후다닥 생각을 잘라버리고 가방을 챙겼다. 다행히 잡화점은 셋방에서 전차로 십 분 정도의 거리였다.

아직 가게에는 손님이 서너 명 정도밖에 없었다.

"김 선생, 홀 청소는 내가 대충 했으니까 물건들 사이사이에 앉은 먼지만 조금 털어요."

주인은 탄실을 선생이라 불렀다. 귀하게 여학교를 졸업한 처녀라고 함부로 대할 수 없다며 채용을 망설이는 주인의 속마음을 눈치챈 탄실이, 책을 보는 것을 좋아하고 글을 쓰는 게 꿈이라고, 그가 거절할 틈을 주지 않고 끼어들어 허락을 받은 것이다.

"물건 사러 갔다 올 테니 가게 잘 봐요."

"네, 걱정 마세요."

먼지털이를 집어들고 먼지를 털기 시작했다. 꽤나 넓은 홀이라 몸에 땀이 맺혀 손수건으로 땀을 훔치고, 찬물도 한 컵씩 들이켜 목도 축여가며 먼지를 털었다. 간혹 손님들이 사는 물건 값 계산도 했다. 손님이 뜸해지자 탄실은 또다시 생각에 잠겼다.

조금 전에 구상하던 게 자꾸 맴돌았다. 어머니의 생각에서 멈춰서는 괴로워했던 일까지 생각하다가, 대동강변에 갔던 일이 연달아 떠올랐다. 고개를 갸웃갸웃거리던 탄실이 아! 하고 탄성을 질렀다. 어머니의 이야기를 밑바탕에 깔고 내용을 전개하면 되겠구나.

집에 돌아온 탄실은 잡화상에서 가져온 초콜릿으로 허기를 채운 후 다시 책상 앞에 앉았다.

"잊어버리기 전에 얼른 메모해둬야 돼."

어머니의 이야기를 바탕에 깔고 내용을 전개하려던 탄실이 또 펜을 멈췄다.

'반대 인물은 누구로 할까.'

잠시 생각에 잠겨 있던 그녀는 다시 펜을 들었다. 어릴 적 봄에, 고향 대동강가로 어머니를 따라 쑥을 캐러 갔다가 본 별장이 생각났다. 절벽 위에 그림같이 반듯하고 멋진 이층 양옥집까지.

'그 별장에 가끔 오던 아저씨도 참 멋쟁이였어. 그래, 그 사람을 모델로 하는 거야.'

그 멋쟁이 아저씨가 이상하게 생긴 것을 눈앞에 대고 강변 경치를 보던 것도 생각났다.

"어머니, 저 아저씨 좀 봐. 이상한 것으로 우리를 쳐다보네."

"으응, 저게 망원경이라는 건데. 아주 귀한 거래. 저걸로 보면 멀리 있는 곳까지 훤히 볼 수 있대."

탄실이 그 물건이 궁금하여 어머니께 물었더니 어머니가 대답해 주었다.

'아주 귀한 물건이니까, 이것을 사용하면 더욱 부자답게 보이겠지.'

이웃 아주머니들과 어머니가 모여서 하던 말들도 떠올랐다. 어느 집 젊은 부인이 남편이 여자를 여럿 얻어 마음 고생하다가 끝내 자살했다는 이야기를 귀동냥으로 들은 것도. 그때 어머니는 남의 일이 아닌 듯 얼굴이 굳어지면서 부엌으로 들어가던 생각이 났다.

여기까지 대충 메모를 한 그녀는 이제야 배고픔을 느끼고 부엌으로 가서 밥 먹을 준비를 했다. 아침에 지어둔 밥이 아직 남아 있어, 다시 밥은 안 해도 되었지만 반찬은 고모 집에서보다 빈티가 졸졸 났다. 보름 전에 아버지가 고모 집에 오셔서 그녀를 불렀다.

"그래, 독립했다고? 학교는 졸업했으니 학비 걱정은 없겠고……. 혼자 사는 것도 좋은 일이지. 아무튼 행실을 바로하고 고모가 정해 주는 혼처도 나쁘지 않으니 오래 끌지 말거라. 세상이 개화되었다고는 하나, 어디 사람의 생각이 그리 쉬이 변하더냐."

아주 오랜만에 아버지의 조언을 들은 탄실은 그것이 꾸중일지라도 기뻤다. 단지 탄실만을 위한 한마디라는 것, 그것이 큰 사랑이라 생각했다. 그때 아버지가 얼마간의 돈을 주고 가서서 지금껏 부족했던 것, 종이도 사고, 잉크도 사고, 반찬도 사 먹을 수 있었다. 아직 조금 남은 돈은 절약해서 쓸 것이다. 하지만 고모는 일침을 놓았다.

"네가 그러고 사는 얘기는 안 했다. 네 집에 가보겠다는 걸 억지로 말렸다. 아무튼 나도 이젠 모르겠다. 네 인생이니 네가 알아서 해라."

저녁을 대충 차려 먹고 탄실은 곧바로 책상에 앉았다. 행여 잊어버릴세라 메모해둔 것을 꺼내 다음 내용을 썼다.

'이제 구상을 대충 했으니까, 초안을 한번 써봐야지.'

평양 대동강 동안을 이리쯤 들어가면…… 이 동리에는 범네라는 몹시 어여쁘고…… 범네라는 이름과는 정반대로 지극히 온순한 딸, 구 세의 소녀가 있다.

궁금증을 유발하는 인물을 등장시켜놓고 자신이 쓴 글을 살펴보니 고전소설과 확연한 차이가 났다. 그리고 독자를 더 소설 속으로 빨려들게 하기 위해 이 소녀를 신비의 인물로 만들었다.

일 년에 한 번도 내객이 없고, 동네 사람들과 사귀지도 않으니 소녀를 향한 동네 사람들의 궁금증을 한층 더해가게 했다. 심사를 하는 사람들도 혹할 것 같았다. 그리고 다음 단계는 주제를 은근히 드러나게 했다. 범네가 이사 온 지 이 년이 지나고 이장 딸 특실을 등장시켜 범네가 왜 여기 와서 살게 되었는지를 어렴풋이 밝혀 가족 이야기를 들려주게 했다.

아버지는 서모하고 서울에 계시구…….

이러한 대화도 길게 말하지 않게, 함께 사는 할아버지를 얼른 나타나게 했다.

삼 단계에 가서는 그들의 의심스러운 행동을 좀 더 자세하고 깊게 설명했다. 온 친척들이 다 모이는 추석 명절에도 이 소녀와 할아버지는 단둘이 성묘를 다녀오는 것으로 만들어 호기심을 자극하게 만들었다. 그리고 범네가 동네 아이와 대화하는 장면을 넣어 걸음을 멈추게 하고 가장 클라이막스를 장식할 반대 역의 남자를 등장시켰다.

대동강 가 우뚝 솟은 절벽의 이층 양옥에서도 이편을 향하여 망원경을 보는 신사가 있었다.

라고 써놓고 그가 직접 하지 않고 상노를 시켜 배를 가져오게 하는 장면으로 그들이 관료와 부자 신분임을 밝히고, 신분제도는 없어졌지만 관습법은 여전히 존재한다는 것까지도 넌지시 드러냈다. 그리고 이 신사가 강을 건너와 범네를 보려 하지만 범네가 강에서 멀리 떨어진 집으로 이미 가버리고 없게 하여 아쉬움까지 자아내게 했다.

다음 결말의 예고로 이 신사와 범네의 관계를 드러내려고 남의 일 참견 잘하는 오지랖 넓은 동네 아낙을 등장시켰다. 그리하여 이들의 관계도 드러내고 주제도 드러나게 썼다. 직접 진술하지 않고 이런 간접적인 방법으로 독자에게 짠한 감동을 주는 것이 진보적인 형식이리라.

동네를 떠나면서 겪는 이별의 슬픔, 범네가 그의 아버지의 부름을 받고 떠나는 것으로 일이 마무리되어 다행이라는 희망을 보여주고, 또 범네가 누구의 딸인지 밝혀지면서 주제가 선명하게 드러나게 했다.

　　자살한 조 국장 전 부인의 하나뿐인 딸 가희…… 불쌍한 어머니의 불쌍한 아이?

여기까지 초안을 쓴 탄실은 기쁨과 슬픔이 울컥 교차하여 벌떡 일어났다. 불쌍한 어머니와 불쌍한 아이. 자신의 처지일 것이다. 불쌍한 엄마와 불쌍한 나…….

지금까지 더위도 느끼지 못하고 글 속에 빠졌는데 펜을 놓으니,

늦여름 더위가 갑자기 몰려와 괴롭혔다. 그녀는 미닫이문 쪽으로 가서 캄캄한 밤을 내다보았다. 저만치 전봇대에 매달려 있는 가로등 불빛이 희미하게 골목을 비췄다.

이때 뚜벅뚜벅 발소리가 들리는가 싶더니 이내 그림자가 나타났다. 그림자는 참으로 익숙했다. 가슴까지 두근거렸다. 저 그림자는 정유순이야. 훤칠한 키에 경쾌한 발소리, 그림자를 따라 발소리가 가까워지더니 사람의 모습이 서서히 보였다.

그는 가끔씩 찾아왔다. 주위의 시선을 느끼는지 낮을 피하여 대개 밤에 왔다. 어떤 때는 탄실이 상점에 일하러 간 사이에 와서 기다리다가 쪽지만 남겨놓고 가기도 하고, 어떤 때는 같이 저녁을 먹고 많은 얘기를 하다가 갔다. 처음에는 그랬다.

날이 갈수록 그와 오랫동안 같이 있고 싶었다. 정유순도

"지금 가면 전차가 끊겼어. 여관까지 걸어갈 수 없잖아."

라고 속마음을 에둘러 내비쳤다. 그들이 함께 사는 데는 어떤 이유도 있을 수 없었다. 서로 사랑하는 것 외에는 아무것도 존재하지 않았다.

유순의 품은 따뜻했다. 그와 있으면 가슴이 뜨거워졌다. 자유연애, 서로 사랑으로 합쳐진 동거 생활이 영원할 것이라고 굳게 믿었다. 탄실은 몸이 자유로우니까 마음도 자유로웠고 그리워하던 유순과 함께하는 날이 많아지자 하루하루가 꿈을 꾸는 것같이 즐거웠다.

"이것 좀 봐주세요."

탄실이 뭔가 적힌 원고 뭉치를 유순에게 봐달라고 내밀었다.

"뭐야?"

"한번 읽어보고 말해줘요."

유순이 건네준 원고를 꼼꼼이 읽기 시작했다. 그녀는 유순의 무릎에 누워 종알거렸다.

"비웃지 말아요. 엉터리라고 웃지도 말아요."

"으음…… 말을 자꾸 시키면 제대로 읽을 수 있나."

유순의 만류에도 계속 아양을 떠는 탄실은 봄날에 활짝 핀 한 송이 민들레 같았다. 시부야에서 장미꽃 속에 외톨이로 피어 마구 짓밟히는 잡초 같았던 민들레가 아닌, 햇살이 하얗게 내리쬐이는 길가에 핀 민들레, 길가에 노랗게 펴 남들이 예쁘다고 말을 건네는 그런, 노란 행복이 동글동글 피어오르는 한 송이 민들레였다.

"오! 훌륭해, 이거 공모전에 투고해도 되겠어."

"정말요!"

"그럼, 청춘지에 한번 응모해보라고!"

"당선, 아! 생각만 해도 기뻐요."

"그런데 말이야. '의심의 소녀' 제목은 그렇다 치고 갈등도 없고 주인공의 심리 묘사가 부족하지 않아?"

"아이 참, 칭찬만 해주세요. 나도 그런 것은 안단 말이에요. 아직 거기까지는 실력이 좀…… 부끄럽게."

"으음, 그래 잘했어."

기뻐서 탄성을 지르던 탄실이 두 팔로 유순의 목을 감았다. 그러고는 두 몸이 겹쳐졌다. 뜨겁고 달콤한 아이스크림 같은 밤이 노랗게 익어갔다.

"아! 당선됐어. 드디어 당선되었다구. 비록 이등이지만 말이야. 그토록 바라던 일이 이루어지다니."

탄실은 소리를 질렀다. 잡지사에서 나오며 질러대는 소리에 지나가는 사람들이 힐끗거렸지만 아랑곳하지 않았다. 실력도 실력이려니와 참신하고 순진한 그녀의 글쓰기를 알아보는 사람이 있었다. 문학소녀 탄실에게 1917년 『매일신보』에 이광수의 『무정』이 연재되던 그해, 그녀가 바라던 것, 온전한 인간으로 여성 문인으로서 인정받고, 갈망했던 자유연애론을 마음껏 펼칠 그런 글쓰기의 장이 마련된 것이었다.

등단은 곧 그녀에게 문학의 날개를 펴는 것이었다. 다음 해에는 습작해놓았던 「초몽」과 「언니에게」, 두 편의 수필을 잡지 『여자계』에 발표할 수 있었다. 바라던 문학인의 길에 들어서고 유순과의 사랑도 무르익어가고 행복한 나날이었다. 탄실은 달콤하고 노란 행복을 오래오래 영원히 간직하고 싶었다. 유순과 서로 사랑하고 서로 문학을 얘기하고 감성과 열정이 통하는 그런 자유연애를 한 번도 의심하지 않았다.

"탄실, 다시 유학 가는 게 어때? 못다 한 공부도 더 하고."

어느 날 그가 말했다.

"왜, 갑자기 그러세요? 제가 싫어졌어요?"

"아니, 그런 게 아니라. 실력을 더 키우려면 더 많은 공부도 하고 체험도 절실한 게지. 내가 도와주지."

"……."

노란 행복을 가져다준, 아니 같이 누렸던 유순은 그녀가 떠나기를 바랐다. 탄실보다 더 자유 영혼을 가진 유순은 전부를 주지 않았다. 그저 어두웠던 순간에 잠깐 밝게 빛나는 달처럼 생각했던 것이었다.

유순은 유학을 주선해주었다. 너무나 짧았던 그녀의 사랑, 진실로 아름다웠던 사랑은 여기에서 멈췄다. 그는 정혼녀를 찾아갔고, 그녀는 멀어져만 가는 유순의 마음을 잡지 못했다.

'사람들은 두 갈래 길에서 흔히, 비난이 쏟아지는 모험의 길일지라도 영혼이 행복한 길을 가지만, 끝내는 안정되고 몸이 편안한 길을 가게 된다. 그러나 어느 쪽 길을 가든 한쪽은 울게 되고 한쪽은 웃게 되는 것이다.'

유순과의 이별은 그녀가 일상생활을 하는 데 많은 영향을 주었지만, 그래도 그녀는 시와 소설뿐만 아니라, 희곡까지 쓰면서 마음을 달랬다. 그리고 돈을 벌어야 하는 현실이 녹록지 않아 점점 마음을 굳게 다져갔다. 마침 상점도 바쁜 철이라 점점 손님들로 붐볐다. 그녀는 더 공부하기로 결정하고 유학비를 마련하기 위해 점원 일에 많은 시간을 투자했다. 그날도 일찍 출근하여 여느 때와 마찬가지로 먼지털이로 홀을 청소하고 바닥을 쓸고 손님 맞을 준비를 했다.

"김 선생, 오늘은 열두 시에 문을 닫을 거예요."

"왜 그러세요? 무슨 일이 있나요?"

주인아저씨는 입술에 손을 갖다대고 조용히 하라고 탄실에게 신호를 보냈다. 그러고는 낮은 목소리로 말했다.

"탑골공원에서 독립만세를 부를 거예요. 이곳 상인들도 합세하기로 했어요."

"예?"

탄실은 놀라서 눈을 동그랗게 떴다. 자초지종은 나중에 듣기로 하고 일단 가게 내부를 정리하고 문 닫을 준비를 했다.

한 시가 조금 넘자, 주인아저씨는 벌써 탑골공원으로 향했고 탄실은 점심을 먹는 둥 마는 둥 하고 출입문 한 곳만 남겨두고 문을 닫았다. 가게에 걸려 있는 괘종시계가 뎅, 뎅, 두 시를 알렸다. 탑골공원 쪽에서 '대한 독립 만세, 대한 독립 만세' 소리가 들려왔다. 한두 명이 아니었다. 그 소리는 점점 가까이 들렸다. 가게 앞으로 한복을 입은 한 무리의 아낙네들이 만세를 부르며 지나갔다. 탄실은 가게를 나와 아낙네들을 바라보며 숨죽여 속으로 만세를 불렀다.

독립 만세를 부르던 아낙네들이 한차례 지나가고, 태극기를 든

학생들이 우르르 쫓기고 있었다. 그들 뒤에는 총칼을 든 일경이 말을 타고 달려오고 있었다. 탕, 탕, 탕, 남학생 두 명이 다급하게 건너편 골목으로 달아났다. 나머지 대여섯 명의 사람들이 우르르 탄실이 서 있는 가게 쪽으로 도망을 왔다. 흰 저고리에 검정 치마를 입은 여학생 두 명이 다급하게 탄실 앞에 고꾸라지듯 엎어졌다. 탄실은 얼른 이들을 일으켜 세워 가게 안으로 밀어 넣었다. 그러고는 가게 문을 걸어 잠그고 커튼을 쳤다. 돌아보니 두 여학생 중 한 명은 순희였다.

"순희야?"

"명순아! 우리 좀 숨겨줘!"

탄실은 가게 안의 긴 벽장에 순희와 그 친구를 숨기고, 물을 갖다준 후 서랍장으로 벽장 문을 가렸다.

탄실이 가게 커튼을 빼꼼 열고 바깥 동정을 살폈다. 신작로에는 그 많던 여학생들이 보이지 않고 먼지만 날렸다. 말 위에 앉은 일경이 독립 만세를 부른 우리 동포를 한 명도 붙잡지 못해, 그 자리를 맴돌며 억울한 듯 씩씩거렸다. 탄실은 그와 눈이라도 마주칠세라 후다닥 커튼을 내렸다. 잠시 후 일경이 말엉덩이에 채찍질하자 말은 놀란 듯 사라졌다. 일경이 시야에서 사라지자 휴우 한숨을 내쉬고 순희가 숨어 있는 벽장으로 갔다.

"어떻게 된 거니?"

"우리 동기생들 모두 손병희 선생님을 비롯해서 33인의 대표들이 독립 선언서를 낭독하고 독립 만세를 부르는 데 힘을 보탰어."

탄실은 왜 몰랐을까.

"네 사정을 아니까 말할 수 없었어."

탄실은 얼굴이 뜨거워지는 것 같아 말을 돌렸다.

"날이 어두워지면 여기를 나가."

며칠 후부터 이날 독립 만세를 부른 조선인들을 잡아들인다는 소문이 퍼졌다. 휴학을 하고 고향에 내려간 유관순도 고향 장터에서 만세를 부르다 잡혀갔다는 소문이 장안에 퍼졌다. 두 달도 넘게 만세운동은 이어졌다. 일본은 이를 저지하기 위해 잔악함을 드러냈다. 삼십만 명이 넘는 사람들을 붙잡아 가뒀다. 또 한 마을을 급습하여 종교시설과 민가에 불을 싸지르고, 마을 주민들을 교회에 몰아넣어 학살했다는 소문이 돌았다.

순희와 그 친구를 숨겨준 탄실도 안심할 수 없었다. 이들은 아직 안전한 것 같았지만 그녀도 몸을 숨겨야 했다. 탄실은 짐을 쌌다. 일본으로 가기로 한 날은 한참 더 남았지만, 그녀는 서둘러 떠났다.

유학 그리고 사랑

사람들은 들판에 핀 민들레에게 거름을 주거나 물을 주지 않았다. 그저 하늘에서 내리는 비와 바람이 그것을 성장케 했다. 민들레는 기름진 토양이나 어느 한 곳에서만 잘 자라는 것이 아니었다. 어디든지 날아가 얼어붙은 딴딴한 땅에서 힘겹게 파란 잎을 돋우고 우아하게 금단추 같은 노란 꽃을 피웠다.

비록 삼일독립운동은 실패로 돌아갔지만, 봇물 터지듯 터져 나온 조선인들의 독립의식에 일본은 무력통치만으로 조선을 다스릴 수 없다는 것을 알고, 표면적으로라도 내세운 것이 문화정치였다. 그 여파로『조선일보』『동아일보』등 여러 개의 신문사와『폐허』『개벽』과 같은 동인지들이 창간되어 활발하게 활동했다. 계몽적인 설교문학에 식상함을 느낀 김동인과 같은 젊은 문인들이 사상성보다 예술성에 좀 더 치중한 문학운동을 전개했다. 그리고 식민지 시대의 경제적 궁핍화 현상과 조선 서민 계층의 뿌리 뽑힘에 대해 예리하고 심도 있게 다루었다.

탄실이 유학을 온 이유도 이와 맥락을 같이했다. 그러나 식민지 현실 때문에 호사스럽게 예술에만 집중할 수 없을 뿐이다. 가난이 문을 열고 들어오면 예술은 지붕 뚫고 달아난다는 말이 사실처럼 느껴졌다. 아버지 어머니 모두를 여읜 탄실에게 경제적인 도움을 주는 곳은 어디에도 없었다. 게다가 나라가 없으니 국비 장학생과 같은 것은 꿈도 꿀 수 없었고 하물며 드물게 받는 관비 장학생 같은 혜택도 받지 못했다. 순전히 그녀가 발로 뛰어다니면서 유학비를 마련하고 도움을 받을 수밖에 없었다.

탄실은 거울 앞에서 울었다.

'아, 힘겨운 삶이다. 사람들은 나를 이해해주지 않아. 내 생각을, 나의 이 자유로운 생각을 거들떠보지도 않아. 가입학한 학교의 보증인과 학비를 어찌 해결할꼬. 고향의 작은아버지께서는 편지에 답장도 없으니.'

피아노 선율에 심취해 그녀를 도와주는 J씨가 찬사를 보내도 그 기쁨이 자신의 것이 아니었다. J의 집에 초대되어 저녁을 같이 먹을 때에도 빈정거리는 J부인의 말에 불쾌한 표시도 낼 수 없었다. 불친절한 J부인만 믿을 수 없어 그녀는 혼자서 편입학할 학교를 찾아갔다. 조선인과 일본인의 차별은 여실히 드러났다. 여사무원들이 '조선인 같지 않아'라고 속닥거렸다. 칭찬인지, 아니면 다부진 체구에 둥글고 작은 얼굴을 지닌 그녀의 당당함에 놀랐는지.

가난과 차별 속에 그녀의 유학 생활은 고독하고 추웠다. 날씨도 일월의 매서운 칼바람이 불었다. 정유순이 떠나올 때 한 번 도움을 주고 칼로 무 자르듯 도움을 끊어버린 이후로 그녀는 머물 곳도, 갈 곳도 없는 이방인같이 느껴졌다.

'학비는 어디서 구하고, 보증인은 누구에게 부탁할꼬.'

탄실은 근심에 눈물이 쏟아졌다. 성공하고 싶은 자신과의 약속을 지키려고 어떠한 일이 있어도 학교를 하루도 결석하지 않으리라 굳게 결심했다. 하지만 이러한 현실의 문제는 곧 그녀를 병들게 했다. 안색이 푸르죽죽하고 체온이 높아지고 코에서는 단내가 났다. 입은 힘없이 벌어지면서 '아, 어찌할꼬' 탄성이 나왔다. 답장 없는 고향의 작은아버지에 대한 원망을 품은 채, 문학을 단념할 수 없어 염치 불구하고 가입학한 학교에 매일 통학하였다.

그날도 보증인과 월사금 준비를 재촉받고 집으로 돌아왔더니, 존경하는 김 선생으로부터 답장이 와 있었다. 숭고하고 아담한 K부에 입학함이 적합하고, 명순 씨가 바라는 일, 사회에서 필요한 사람이 되기를 바란다는 위로의 편지에 그녀는 용기를 얻었다.

곧, 그녀는 별로 친절하지 않은 J부인의 소개로 B 부부를 만났다.

"언제 동경서 K부로 오셨습니까?"

"지난 육 일 저녁 때 이 정거장에 내렸습니다."

정이 가지 않을 것 같은 B 부부였지만 보증인이 꼭 필요했으므로 그녀는 주저하지 않고 말을 꺼냈다.

"학교에 아직 보증인을 세우지 않았는데, 부탁해도 될까요."

"무엇이든지 어려운 일이 있으면 제게 말씀하시지요. 저는 노동이라는 공부를 합니다. 힘이 되는 데까지 도와드리지요. 탄실 씨뿐만 아니라 조선 사람들에게는 다 친절하답니다."

B 부부에게 의외로 흔쾌히 승낙을 받은 그녀는 집으로 돌아오는 걸음이 새털처럼 가벼웠다. 소개받은 첫날부터 흉허물 없이 보증인이 되어주겠다는 B 부부의 친절에 마음이 놓였다. 다다미방에 누워 십 촉 전등을 바라보는 그녀의 입가로 미소가 번졌다. 전등의 광채는 그녀의 마음인 듯 은색 실처럼 무수하게 비치면서 눈에 어렸다.

몸이 호리호리하고 얌전한 B부인은 조금도 거짓되어 보이거나 편협함이 없었다. 하지만 B는 얼굴이 거무튀튀하고 말소리도 불쾌하게 낮고 쉰 목소리였다.

"아무쪼록 공부를 많이 하여 조선을 위해 일하는 사람이 되세요. 또 노동도 해보세요. 노동자를 위한 회당을 짓고 잡지도 쓸 거요. 명순 씨도 같이 일하면 좋을 것 같은데."

"저는 아직 노동 공부에 관심이 없어서……."

"점차로 생각해보는 걸로 알고, 저는 이만."

여러 가지 이야기를 하고 B는 급하게 나갔다. 우선 급한 일이기에 보증인으로 세우고 학비를 지원받기로 했지만, 그들의 빈약하고 여유롭지 못한 환경은 그녀를 불안하게 했다. '게다가 내키지도 않는 노동운동에 참여해달라니.' 그래서 다음 날 탄실은 작은아버지께 한 번 더 돈을 보내달라고 편지를 썼다.

B 부부의 호의로 자취를 하고 통학을 하기 시작하면서 학교를 무사히 다닐 수 있는 기쁨도 잠시였다. B씨의 잦은 왕래는 그녀를 불쾌하게 했다. 바쁘다면서도 무슨 계책이 있는 것처럼 자주 왔으므로 그녀는 아는 동생이 한 말이 생각났다. 조선 사람 치고 외국에 와서 노동운동하는 사람의 행동은 불미할뿐더러 믿을 수 없다는 것이었다. 그렇다고 B 부부의 호의를 냉정하게 거절하고 관계를 끊을 수도 없는 처지였다. 그녀가 할 수 있는 일은 오직 공부에 전념하는 것뿐이었다.

수업을 마치고 돌아와서는 밤 열한 시까지 모든 학과를 복습하고 새벽 다섯 시에 일어나서 전날 저녁에 지어둔 밥을 물도 데우지 않고 먹고 책을 보았다. 그리고 여섯 시 사십 분쯤에 학교에 가서 아무도 없을 때에 두어 시간 정도 피아노를 쳤다. B 부부의 호의를 받았기에 그들의 눈치를 보고 요구에도 거절할 수 없었던 탄실은, 학업도 혹독하게 복습한 탓에 이중 삼중의 고통으로 몸과 마음이 병들어 우울증에 걸릴 정도였다.

"사는 게 재미가 없어요."

라는 B부인의 말에 어떻게 대답을 해야 할지 모른 채 밤늦게까지 그녀의 이야기를 들어주어야 했다. B씨는 또 그녀더러

"아직도 여자답고 활발하지 못해요. 무슨 일이 있어요?"

라며 먼저 실례되는 말이라는 인사치레도 없이 마구 말했다. 그녀는 노여움이 들어 가슴이 더 아팠고 몸에 열이 오르락내리락거렸다.

탄실은 이야기할 벗이 필요했다. 가난한 유학 생활의 어려움과 독서에 대한 이야기를 공유할 어떤 사람, 이성이면 더 좋을 것이라 생각했다. 학교를 마치고 돌아온 그녀는 피아노가 있는 이우진 씨 집에 무작정 찾아갔다. 학교를 오가면서 언뜻언뜻 피아노 소리가 들려와 눈여겨보아온 집이고, 집 앞에서 서성이다 그 집 주인 이우진 씨도 안면이 있는 터라 찾아간 것이다.

"피아노를 좀 얻어 칠 수 있을까요."

이우진은 다행히 미소를 지으며 허락했다.

"네, 어서 치시지요."

"오늘은 그냥 물어보러 왔어요. 이다음에 다시 오지요."

"왜? 들어와 놀다 가시지요?"

"아뇨, 오늘은 그냥 가겠어요."

놀다 가라는 우진의 권유에도 그녀는 그 집을 나왔다. 그리고 그날 저녁부터 환상에 빠졌다. 우진의 환상에 사로잡혀 하릴없이 학교를 결석하고 인도의 전설을 탐독했다. 우진이 큰 눈으로 그녀를 쳐다보던 모습과 흰 얼굴에 미소 짓는 입가로 즐거운 가락을 외우려는 듯한 남자의 애수 어린 모습이 어른거려 공부가 되질 않았기 때문이었다.

그러나 그녀는 기분을 전환하기 위해 목욕탕에 갔다. 봉오리 진 벚꽃을 감상하며 집으로 돌아오니 의외로 우진이 와서 기다리고 있었다.

"어머나!"

놀란 그녀는 인사도 제대로 못한 채 우두커니 서 있었다.

"아, 놀라셨죠? 이 근처에 왔다가……."

"아뇨, 저도 퍽 적적하던 참이었는데……."

"이 근처에 조선말 배우려는 일본 부인이 있는데, 명순 씨가 놀러 가는 셈 치고 가르쳐주시면 해서요."

탄실은 너무 뜻밖이라 머뭇거렸다.

"내키지 않으시면 그만두셔도 됩니다."

"학교도 그렇지만 일본 부인들은 외국어를 배울 줄 몰라요."

마음에 없는 험담을 한 탄실은 스스로 흠칫했다.

"하하하."

의외로 우진은 눈을 똑바로 뜨더니 웃어버렸다. 우진과 탄실은 밤늦게까지 책도 읽고 비평도 같이 하면서 시간을 보냈다.

"피아노 치러 오세요."

우진이 일어나며 다음에 또 만날 것을 은근히 내비쳤다. 탄실은 입안에서 혀를 굴리며

"또 놀러 오세요."

하고 웅얼거렸다. 우진이 들었는지 잘 모를 정도의 작은 소리였다.

보증인을 구하려 애쓰고 학비 때문에 고통당했던 탄실의 유학 생활은 힘겨웠다. 자신을 지켜줄 가족도, 학비와 자취비, 용돈까지, 한 가지도 넉넉한 게 없었던 유학 생활은 고통 그 자체였다. 게다가 신원 보증인까지 세워야 하는 타국 땅에서의 외로움과 조선 여학생이라는 약하디약한 처지에 마음도 몸도 편하지 않은 것은 두말할 나위 없다. 유일하게 가진 꿈만으로 힘겨운 유학 생활을 버틸 수 있었던 것이다. 그녀는 곧 우진에게 빠져들었다.

"조금만 고개를 이쪽으로."

"이렇게, 이렇게 할까요."

좌우로 고개를 까딱거리는 탄실에게는 우진을 향한 장난기가 가

득했다.

"예쁘게 나와야지. 귀한 사진이잖아."

"문어가 되겠어요. 대충 찍어요."

"표정을 조금 더, 미소를 머금고, 당신은 활짝 웃는 것보다 은은하게 살짝 미소 띤 얼굴이 가장 우아하고 예뻐."

우진에게 그녀는 우아한 조선 여성이었다. 적어도 그때만은. 자유연애를 외치고 개량한복을 입은 그녀도 어쩔 수 없는 여자이고, 지조 있고 정절을 지킬 줄 아는 조선 여성임은 부인할 수 없는 것이다. 한 남자를 순수하게 사랑하고 그와 깊은 관계에 있을 때만은 지조 있는 평범한 조선 여성, 남자의 그늘을 따뜻하게 그리워하는 여자였다. 이 사랑이 식지 않고 영원할 것이라 믿었다. 어쩌면 첫사랑의 뼈아픈 실패가 더욱더 사랑을 갈망하게 하고 사람을 그리워하게 했으리라. 가슴에 박힌 종기 덩어리의 통증이 몰려올세라 더욱 적극적으로 더욱 열정적이고 뜨겁게 사랑을 원했을 것이다. 첫사랑 유순의 기억에 갇혀 있은 지 얼마나 오래인가.

우진이 처음 데이트를 신청했을 때, 유순과의 만남과 마찬가지로 그녀는 선뜻 대답을 하지 못했다. 유학 생활의 외로움에 처해 그와 대화를 시작했지만, 몇 년 전 데이트할 때 당했던 끔찍했던 잔영이 아직 남아 있었고, 첫사랑의 흔적이 채 가시지 않았기 때문이었다. 세상 평판도 그녀를 괴롭혔다. 이성을 너무 많이 아는 여자, 지조 없이 남자를 시시때때로 바꾸는 여자라는 비판을 무시할 수 없었다. 같은 동료와 같은 유학생까지도. 그들도 자유연애를 외쳤고, 같은 생각으로 사랑을 갈망했으면서도 그들은 죄다 뒤로 물러서고 오직 그녀만 늘 회오리의 중심에 서 있었다.

뿌리 깊게 박힌 사랑을 덜어내지 않은 그녀의 새로운 사랑은 사상누각이었다. 모래 위에 지은 집은 쉬 무너졌다. 미풍만 불어도, 잔잔한 파도만 지나가도 그녀의 노란 집은 흔들리다 부서졌다. 우진과의 사랑도 흔들리고 부서지고 무너지고 여전히 그녀의 연애는 버림과 배신의 연속이었다. 그녀의 사랑은 언제나 그녀가 안드로메다를 헤매고 있을 때 그렇게 찾아왔기 때문에 그 사랑의 모습을 자세히 선명하게 분별할 수 없었다. 그녀의 의지와는 상관없이 무너졌다. 우진도 그녀를 떠났다. 예전의 사랑처럼. 그녀는 또다시 사랑이 끝남과 동시에 유학 생활을 접고 바다를 건너왔다.

열정, 그 아름다움

메마르고 딴딴한 땅에서 힘겹게 돋아난 민들레는 좋은 토양에서 정원지기가 정성을 들인 꽃들보다 더욱 왕성하게 꽃을 피웠다. 반쪽의 푸른 잎과 불그스름한 반쪽은 튼튼한 한 줄기의 기둥을 받들어 한 송이 꽃이 피도록 영양분을 공급해주었다. 금단추 같은 노란 꽃은 넓은 세상을 향해 자유롭게 아름답게 꽃잎을 피워냈다.

'내 살림 내 것으로'라는 슬로건을 내세우고 국산품 애용을 선전하던 물산장려운동 시가행진이 지나간 종로 네거리.

단층과 이층짜리 기와집의 상점들이 다닥다닥 붙었다. 상점들은 제각각 자기네 가게로 손님을 끌어들이려 광고판이 목을 쭈욱 내밀었다. 종로 네거리를 뜨겁게 내리비치던 유월의 햇빛은 저무는 석양에 붉게 물들고, 기둥이 제법 높은 커피집 안에 두 여인이 앉아 있었다. 한 여인은 단발머리를 하고 흰 저고리에 검정 치마를 입고 다소곳이 앉았고, 마주 앉은 여인은 유행하는 베이지색 클로셰 모자를 썼다. 원피스를 입은 그녀의 얼굴에는 웃음꽃이 피었다. 겉으로 보기엔 웬 조신한 조선 여자와 해외물을 먹고 방금 돌아온 여인이 오랜만에 만나 서로 다른 모습에 어색한 분위기가 감도는 것 같았다.

"순희 너 결혼하더니 몰라보겠다."

"그래, 포기할 건 포기하고 현실에 안주하니 마음 편하다오."

"겉으로 보면 네가 작가고 내가 아낙네 같잖니."

"하하하하. 본디 마음이 허한 사람이 더욱 가면을 쓴단다."

"왜? 너에게 사랑을 듬뿍 주는 남편에, 귀여운 아들까지 있는데."

"그래도 명순이 너처럼 꿈을 실현하지 못하고, 내 정체성도 모르고 살잖니."

"난 네가 부러운걸. 나도 너처럼 평범한 가문에 태어났다면 이렇게 살지 않았을지도 몰라. 공부에 매달려 신분 콤플렉스를 뛰어넘으려고 안달하진 않았을 거야."

"그렇지만 너도 잘 살아가잖니, 이번에 연재한 소설, 안 빠지고 제때제때 꼭 읽는다."

"으음, 이번에는 좀 다른 소설을 쓰고 있어. 일본 유학에서 겪고 배운 것들이 용기를 주네. 내 자서전을 쓴다 생각하고 소설을 써 내려가려 해."

"너의 어린 시절이 그렇게 귀족적인 줄은 몰랐어. 나는 평범한 교육자 집안에서 자라 네가 누린 부유함은 남의 일인 양 했지."

"뭘 그러니. 평범한 집안에서 양친 부모 사랑받으며 자란 네가 늘 부러운걸. 마음 고통과 천대에 시달리는 내 마음은 당해보지 않은 사람은 모를 거야."

"그럴까?"

"그래서, 차라리 실제의 내 경험을 속 시원히 드러내려고 용기 내서 이번 소설을 쓰기로 했어."

"잘했어. 아버지와 어머니 이야기, 그리고 너의 그 생각하기 싫은 경험들, 잘 읽고 있어. 남들이 내용과 너의 실제를 결부시켜 비방해도 너를 늘 응원할게. 너의 용기에 박수를 보낼게. 그리고 끝까지 써야 해. 어떤 시련이 와도 네가 하고 싶은 것, 네가 쓰고 싶은 것. 자유롭게 쓰길 바라."

"고마워, 늘 응원해줘서."

"어디 거처할 곳 없으면 우리 집으로 와. 그때 네가 도와주지 않았다면, 아, 아찔해. 하지만 삼일운동 때문에 그 사람을 만났으니 행운이라면 행운이지."

순희는 탄실의 유일무이한 친구이다. 유학하는 동안 만나지 못했다. 조선에 들어와서도 한참 후에 순희를 만났다. 들어오자마자 그녀는 유학 시절에 배운 외국어 실력으로 외국의 유명한 시와 소설을 번역하느라 바빴다. 또 남성보다 여성의 월등한 점을 내세워 남녀평등을 지적한 평론을 발표하기도 했다. 그것은 경제적인 여유도 조금 주었다. 당분간은 혼자서 지낼 수 있을 것이다.

그간 순희는 너무나 많이 변해 있었다. 점잖은 남자와 결혼을 하고 또 아들까지 얻어 행복이 넘쳐 보였다. '사랑과 꿈', '재물과 명예', 탄실은 중얼거렸다. 어느 것 하나는 포기하고, 나머지 하나로 얻은 것이 행복을 가져다주는 것인가. 여성으로서 사회 활동을 접고 남편의 그늘에서 돈 걱정 없이, 아이를 키우는 순희가 오늘은 그냥 이유도 없이 부럽다. 험준한 산꼭대기를 오르는 것 같은 유학 생활, 벼랑 끝 같은 여성 작가의 길. 단란한 가정을 포기하고, 명예로움에 더 뜻을 가진 탄실은 순희의 삶과 정반대의 길인 것이다.

'여성 문학인의 길, 명예를 쌓는 일. 나의 길을 가면 되는 것이다. 그래서 어렵고 힘들게 쌓아온 것을 여성문학의 불모지인 조선의 문단에 쏟아내야 한다. 태생의 비난을 극복하기 위해서라도.'

탄실은 자취방을 향해 전찻길을 따라 걸어갔다. 종로 네거리, 별을 그려놓은 듯한 전찻길 옆으로 과자를 파는 리어카의 카바이드 불빛이 어두워지는 거리를 희미하게 밝혀주었다.

탄실의 유학 후 문필 활동은 봄날의 민들레꽃처럼 활짝 피기 시작했다. 자유연애를 외치며 남자를 만나 사랑을 했지만 이루어지지 않는 현실 대신, 소설 속에서 마음을 달랬다. 소설 속에서만은 탄실은 자유로웠다. 전통적인 결혼관에 대한 부정과 봉건적 가부장적 제도에 환멸을 느낀 그녀가 할 수 있는 것은 소설 속에서 여성해방을 그렸고, 전통적인 모순적 관계가 아닌, 남과 여의 주체적인 관계만이 올바른 연애관이라 묘사했다.

다른 사람들은 자신의 이야기를 들춰내기를 거부했지만 탄실은 그렇지 않았다. 특히 과거의 흑역사나 태생의 치부를 드러내는 등 웬만한 용기를 가진 소설가가 아니면 쓰기 어려운 일들을 그녀는 당당하게 써내려갔다. 「탄실이와 주영이」, 이것은 한 달이 넘게 『조선일보』에 연재되었다.

식민지 시대의 경제적 궁핍과 서민 계층의 정체성이 상실되는 소설들이 시대를 대표하고 있었지만, 탄실은 소설 「선례」를 통해 남성 소설가들이 다룰 수 없는 여성의 꿈을 부르짖고 여성의 정체성을 그려내고도 있었다. 또한 시를 발표하기도 했다. 둥그런 연잎에 얼굴을 묻고, 비인 들에 혼자서 설운 탄식, 외로운 처녀, 외로운 처녀 파랗게 되어 연잎에 연잎에 얼굴을 묻어 탄식하고. 거울 앞에 밤마다 밤마다 좌우편에 촛불 밝혀서 기도하고, 착한 처녀 착한 처녀 호올로 되어서 애련당 못가에 앉아 꿈마다 어머니 품 안에 안긴다. 「탄식」과 「기도」, 「꿈」 등의 서정적인 시를 『신여성』지에 발표하며 문학의 열정을 태웠다.

게다가 L의 선택은 탄실에게 날개를 달아주었다. 그의 추천으로 『매일신보』에 시와 평론을 발표하고 그녀가 갈망했던 인간이자 여성 작가로서의 것들이 일시에 봇물을 타고 흐르기 시작했던 것이다. 활발한 문필 활동과 화려한 언론 활동은 지금까지 목마르게 애태우던 어떤 것을 만족시켜주었다.

"드디어 매일신보에 합격했어!"

탄실은, 손에 꼽을 정도로 여기자가 귀했던 시절에 조선의 세 번째 여성 기자로 활동하게 되어 기쁨을 주체할 수 없었다. 사회부 기자로 입사하게 된 탄실은 개울물이 바다로 흘러나간 듯 탁 트인 넓은 바다에서 자유롭게 활개를 쳤다. 또한 시와 소설 「손님」이 여성 작가 소설 기획란에 수록되어 날개를 달고, 신입 기자였음에도 연작 소설의 필자로도 참여하였다.

유학 시절에 배운 학문들을 강연하고, 동인지에도 참여하여 열정을 쏟았다. 바야흐로 시대를 대표하는 여성해방론자이자 제1세대 여성 작가로 맹렬히 활동하였다.

막이 열린 무대는 화려하지만 커튼 뒤로 숨겨진 것들은 질서 없이 나뒹굴고 깨지고 더러 손길이 닿지 않아 못쓰게 되고 만다. 화려한 무대에 눈이 다 쏠려 있기 때문에 무대를 장악하는 주인공조차도 그 사실을 모르고 연기에 몰두한다. 그러다 다음 연기를 하려고 찾아보면 돌보지 않은 그것들은 이미 사라지고 없다. 문필가로서의 열정이 극에 달해 주변의 인식을 미처 깨닫지 못했던 것이다.

스캔들

민들레는 다른 들꽃처럼 꺾어다 꽃병에 꽂지도 않았다. 그저 노란 꽃 한 송이일 뿐이고 누가 옮겨와 자기 꽃처럼 정성스럽게 돌봐주지도 않았다. 그 자리에 다른 노란 꽃이 피어 있었다면 얘기는 달랐다. 그 노란 꽃에게 관심과 사랑이 쏠렸다. 특히 빨간 장미 사이에 노란 장미가 피어 있다면, 그것이 신기하고 희귀하기에 꺾어다 꽃병에 꽂으려 했을 것이다. 혹은 집 마당에 심어두고 해마다 보면서 예쁘다고 칭찬했을 것이다. 간혹 손님이 오면 귀한 노란 장미라고 입이 마르도록 자랑했을 것이다. 그러나 들판에서 비바람을 견뎌내며 다져진 민들레는 누가 돌봐주지 않아도 홀로 당당하게 자태를 뽐냈다.

화려한 무대 뒤의 모습들은 어수선하기 짝이 없었다. 첫사랑을 잃은 그녀의 사랑은 늘 겉돌았고, 유학 생활 중에 외로움을 달래려 사귄 이성, 그 사랑은 스캔들로 이어져 괴롭혔다. 그녀의 사정을 이해하고 자유연애를 묵인해주지 않는 그들은 탄실의 인생을 순탄치 못하게 만들었다. 마음을 편치 않게 할뿐더러 병을 앓게 하거나 성공의 길을 방해했다.

"어머니가 유명한 창녀였대. 남자들을 잘 꼬드긴다며."

"아니야, 아니야. 아니라구!"

"당선 소설도 표절이라고?"

이보다 더한 괴로움, 그녀를 더욱 벼랑 끝으로 몰아넣은 사건은 「김명순, 김○○에 대한 공개장」이라는 제목으로 평론가 K의 터무니없는 글이 『신여성』지에 발표된 일이었다. 탄실에 대한 비방과 스캔들은 극에 달했다. 노란 꽃으로 예쁘게 피어나는 문필 활동에 오물을 끼얹는 날벼락 같은 일이 일어났다. 자유연애론 주제의 소설이 한창 날개를 달고 자연을 예찬한 시들이 신문에서 활개를 치고 있을 때이기에 실의와 억울함에 치를 떨었다.

"이 시에는 거친 생활을 계속하는 타락한 여자가 새로 마음을 고쳐먹고서 거울 앞에 앉아 있는 그러한 무-드가 많이 있다. 거친 피부를 가려주고 있는, 한 겹의 얇은 분을 벗기어버리면 그 아래에는 주름살 진 살가죽이 드러난다. 그와 마찬가지로 그의 시도 한 겹의 가냘픈 화장이었다."

탄실은 읽던 잡지를 내던졌다. 작고 여린 마음일망정 서툴고 어설픈 글일망정 나에게 이토록 서러움을 주고 아픔을 주는 이유는 무엇인가? 잡지를 다시 집었다. 몹쓸 글이 쓰인 쪽을 부욱 찢었다. 그것은 손아귀에서 마구 구겨지고 있었다.

"오로지 한결같은 뜻을 가지고 한 가지 일에만 전념해온 나에게 이런 인신공격은 나를 생장(生葬)시키는 것이야. 도저히 그냥 있을 수 없어!"

분노에 찬 탄실은 먹다 만 저녁 밥상을 방구석에 아무렇게나 밀치고 일어났다. 다리와 온몸은 거센 바람에 버드나무가 흔들리듯 휘청거렸다.

도서관에서 책을 볼 때는 이렇게 분노에 찬 밤이 될 거라고는 생각을 못 했다. 밥을 얹어놓고 책상 위에 흐트러져 있는 종이들과 필통을 거듭 바라보면서도 너무 답답했다. 속이 된장국 끓듯 부글부글 끓었다. 탄실은 끓어오르는 분노를 삭이려고 책상 위를 정리 정돈하고 옷들도 정성껏 개켜서 트렁크 속에 넣었다. 방 청소도 깨끗이 하고 늦은 저녁이라도 먹고, 오늘 연재된 소설을 이어서 쓸 생각이었는데, 일이 손에 잡히지 않을 것 같았다. 저녁 시간은 망쳤다.

'그냥 넘어갈 수 없어. 어떤 식으로든. 불쾌한 내 마음을 표현해야 해. 부글거리는 내 마음을 전달해야만 해!' 분노에 찬 탄실은 불같은 화를 그냥 참고 잘 수 없었다. 도저히 잠이 올 것 같지 않았다.

두꺼운 솜저고리를 입고 흰 목도리로 어깨를 감싸고 집을 나섰다. 차가운 밤공기가 싸아하니 코끝으로 밀려왔다. 광화문을 향해 청계천을 따라 쭉 걸었다. 멀리 전차가 쏘아대는 불빛이 느리게 흘러갔다.

'제도와 인습 속에서만 살아간다면, 이 나라 사회와 생활의식이 발전되기는커녕, 내 생활의 토대까지도 전부 헐어버리는 것이다. 아, 안정되고 편안한 길을 버리고 이 길을 선택했는데, 남달리 예민한 감성을 살려서 내 형제 동포에게 그것을 나누고 싶었는데……. 영혼이 시키는 대로 살고 있는 나를 보고 웃겠지만 그것도 없으면 내 삶은 없는 것이야, 나는 죽은 것이야!'

그녀가 가진 신념을 강하게 되뇌며 어두운 청계천 가를 바쁘게 걸었다. 전차가 지나가는 큰길가에 이르니 멀기만 한 이상과 어두운 현실이 피부로 느껴져 한숨이 저절로 나오는 것을 계속 내뱉으며 가던 길을 망설이기도 했다. 탄실이 머뭇거리며 서 있는 모습을 보고, 사람들이 힐끗거리며 지나갔다.

'여기서 멈춰야 되나.'

어느 정도의 이성이 머리를 감쌌지만 여전히 마음속에서 일고 있는 분노는 쉬이 진정되지 않았다. 몸은 그녀의 마음을 따라 움직이고 있었다. K씨 집을 향하여 광화문 담을 따라 자꾸만 걸어갔다. 걸어갈수록 그 길은 어두워졌지만 가슴속 깊이 차 있는 분노 때문에 의식하지 못했다.

'나라 잃은 설움만 해도 핍박과 억압에 괴로운데, 우리 동포들끼리 서로 할퀴고 헐뜯어야만 할까? 그래도 견뎌내며 살아남아야 하는데, 생각들 없이 사는 것도 아닐 텐데. 진정 이 억울함을 밝힐 도리는 없을까? 맞대면하여 따지고 들면 어떤 결과가 나올까?'

일하는 아주머니의 안내로 K씨의 사랑방에서 이런저런 생각을 하며 주위를 둘러보았다. 희미하게 비치는 전등 밑으로 그가 읽고 있는 것인지 모를 사회주의 관련한 책들이 방구석에 쌓여 있는 것이 보였다. 책상 위에는 그 공개장이 실린 잡지가 놓여 있었다. 그녀는 흠칫했다. 가슴이 두근거리고 콩닥콩닥 뛰기까지 했다. 공개장에 대한 분노 때문에 왔지만 작은 몸은 더 작아지고 가슴은 한없이 쪼그라드는 것 같았다.

'어떻게 말을 할까? 밤에 따지러 온 것까지도 조선 여자답지 못하다고 또 흉을 보지 않을까. 공개장을 따졌다고 더 감정이 상해서는 더욱 나를 매장시키지는 않을까?

막상 그와 대면한다고 생각하니 여기까지 오면서 가졌던 분노는 두려움으로 변해 있는 것 같았다. 혼란스러운 생각에 잠겨 괴로워하고 있는 사이 아주머니가 들어왔다.

"어머나, 어떻게 해요. 선생님은 방금 잡지사에 볼일이 있다면서 나가셨다네요."

아주머니는 무엇인가를 숨기는 듯 쭈뼛거리며 차를 놓고서는 밖으로 나가려 했다.

"정말이에요?"

"네에, 저녁을 챙겨드렸는데, 그사이 나간 모양이에요."

그녀는 아주머니의 말을 믿을 수 없었지만, 한편으로는 다행일지도 모른다는 생각이 들었다. 분노에 차서 얼결에 여기까지 왔지만 그보다 더 무시무시한 사람들의 비난과 그녀를 시궁창으로 몰아넣는 K가 더 무서웠기 때문이었다.

'불명예라고 따지고 들면 분노는 삭일 수 있을지 모른다. 그러나 이미 공개장은 온 세상에 뿌려진 상태다. 신교육을 받고 자유연애와 여성 계몽 운동의 강연을 하고 글을 쓰고 있지만, 이 사회에 쫙 깔려 있는 남성우월주의 제도에 어찌 맞서 싸울까. 나라가, 제도가, 나를 보호해주는 것도 아닌데, 남자 천 명에 여자가 한 명꼴로 활동하는 이 사회에서 말이다. 잡지사나 신문사나 문학을 하는 동인 모임에서도 여성들은 모래 속의 바늘 찾기이니.'

그녀는 차를 끝까지 다 마시면서 마음의 안정을 찾으려 애썼다. 그러고는 어쩔 수 없다는 듯 일어났다.

"다음에 또 들른다고 전해주세요."

따라 나오는 아주머니에게 건성건성 인사를 하고는 아직 안정되지 않은 마음을 품은 채 문밖을 나섰다. 문밖은 암흑천지였다.

'같은 동포끼리 이렇게 들쑤시며 즐기는 사람들은 왜 있는 것일까! 그래도 문학을 해야 하나? 시나 소설을 이렇게 쓸 것인가. 생활을 이어나가려면 새로운 정신으로 써야 되지 않을까. 아, 나는 희망이 없다. 아니야, 그럴수록 분발해야 해.'

그녀는 분노와 절망으로 번민하며 걸었다. 어둠에 둘러싸여 황급히 왔을 때는 이미 불빛이 어른거리는 전차가 지나가는 곳이었다. 전차선로를 넘어서 청계천 가를 황급히 달려 집으로 돌아와서는 공개장에서의 모욕을 다시 생각해보았다.

'K에게는 정확한 사실과 진실된 마음만이 살아남는 방법임을 알게 해야 해. 단편적인 시를 쓰는 것은 역시 사람의 생활을 한쪽만 그려놓은 것인지도 몰라. 하지만 사람의 생활에서부터 터를 닦아야 할 이 시대에, 사람들에게는 그런 시도 도움이 될 거야. 공개장에 대한 것은 생각이 정리되고 나면 내 입장을 뚜렷하게 밝힐 거야.'

결국 K에게 한마디도 못 하고 돌아온 꼴이었다. 차가운 겨울밤은 그녀의 마음을 아프게 했다. 하지만 공개장에 대한 자신의 입장을 밝히려고 다짐하는 그녀의 얼굴에는 투지가 뭉쳐 있었다.

보이는 듯 마는 듯한 서러움 속에 잡힌 목숨이 아직 남아서 오늘도 괴로움을 참았다. 적은 이 생명은 잡힌 몸이거늘, 이 서러움과 아픔은 무엇인가. 금단의 여인과 사랑하는 옛날의 왕자와 같이 유리관 속에서 춤추며 살 줄로 믿었다. 이 아련한 서러움 속에 일하고 공부하고 사랑하면서 재미나게 살 수 있다기에 미덥지 않은 세상에서 살아왔다. 지금 이 보이는 듯 마는 듯한 관 속에 생장되는 이 답답함을 어찌할꼬. 나는 참 미련하고 미련하다.

'이 단편집은 오해받아온 젊은 생명의 고통과 비탄과 저주의 여름으로 세상에 내놓음이다.'

같은 이념으로 문필 활동을 해오던 동료들은 결혼을 하는가 하면

종교에 의지하려 떠났다. 이들처럼 큰 바위 뒤로 숨어버리거나 철벽으로 둘러싸인 성안으로도 들어갈 수 없었던 탄실은 세간의 비난과 공격을 고스란히 안았다. 그녀가 할 수 있었던 최선의 방법은 작품을 통한 힘겨운 대응이었다.

화려한 무대 뒤의 가려진 그것들, 기생 출신 소실의 딸이라는 소문, 정유순과의 동거설, 첫 유학에서의 강간 사건을 둘러싼 소문이 그녀를 괴롭혔다.

"생계를 위해서는 어쩔 수 없어. 저속하고 삼류라고 비난해도. 난 계속 글을 쓸 거야. 동거니, 기생 딸이니, 강간당할 뻔한 내 마음을 십분의 일도 이해하지 못하는 그들이 나를 생장시키려 해도 난 좌절하지도 포기하지도 않을 거야!"

탄실의 분노가 서린 창작집이 드디어 발표되었다. 『생명의 과실』 그것이다.

신문사에서 기자 생활을 하며 언론과 문학을 병행시켜나간 것이 문제였을까. 연재될 소설을 쓰는 작가들이 귀해 탄실의 시와 소설이 신문에 대량으로 실린 것이 문제였을까. 남성들의 전유물인 고급 직장에서의 활약이 두드러진 때문이었을까.

결혼이라는 안정된 생활로도, 종교로도, 아무것으로도 위로받을 수도 없고, 경제적인 도움을 받을 수 없었던 탄실은 생계와 작가라는 현실과 이상의 괴리에서 매우 고통스러웠다. 그러나 저속한 글이라고 비난하고, 자신의 사생활을 마구 지껄여대는 상황 속에서 정신적 궁핍에 시달리면서도 굴하지 않았다.

입 다물자. 입을 다물자. 두 손에 철철 넘치도록 덥석 거머쥐고 무엇을 향해 그것을 던져버리면 된다. 피가 끓어오르는 곳, 불길이 내리 덮치는 곳, 이 천하는 끓는 가마 속 같건만 본래 취할 필요 없는 쓸데없는 것이다. 입을 다물고 눈을 감아버리자. 모든 것이 녹고 사라질 적에 금과 돌이 다같이 재 될까 봐. 원수와 원수가 또다시 지옥에서 만날까 봐. 침묵, 침묵 또 침묵하자. 가슴에 치밀어 오르는 굳은 얼음 뿜어 냇물에 뚜껑 덮자. 그리고 강과 산에 똑같이 흰옷 입히고 하늘인지 땅인지 시퍼렇게 뭉개자. 이 분노 이 증오 손에 쥔 대로 딴딴히 뭉쳐서 얼음 같은 냉가슴으로 침묵하자.

젊은 처녀가 있었다. 오래 싸워서 가슴에 상처를 입고, 싸움이 싫어서 호미와 괭이로 밭을 갈았다. 그러나 몸이 아파서 날마다 낮잠을 자더니 하루는 총을 쏘는 듯 가위에 눌렸다. 아, 이상해라. 펜을 놓고 마음 놓고 자던 몸이 매를 맞았을까. 젊은 처녀는 온몸에 멍이 들어 죽었다. 사람들이 곰곰 생각했다. 자나 깨나 싸움은 있고 사나 죽으나 똑 같을 것이다.

군인은 군기를 잡아야 하고 문인은 펜을 잡아야 한다. 지금은 침묵하자, 침묵도 대답이다. 입은 다물고 부지런히 손을 시곗바늘처럼 움직이자. 탄실은 독백처럼 중얼거렸다. 모진 스캔들에 시달린 몸은 아직 젊고 글은 성숙미로 꽉 찼지만 현실의 벽과 주변의 그것은 그녀의 의지를 실험하는 듯했다.

그 실험에 대답이라도 하듯 그녀는 얼마 지나지 않아「나는 사랑한다」를 발표했다. 애정 없는 부부 생활은 매음이야. 결혼이라는 제도보다는 사랑의 감정을 선택해야 돼, 라며 연애지상주의 주제의식이 가장 뚜렷한 소설로 더욱 맞서 나갔다.

고향의 봄은

사람들은 민들레를 관상용으로 키우지 않았다. 그저 들판에서, 길가에서 잡초들 사이에서 그냥 자생하는 들꽃이라 여겼다. 그것을 옮겨와 화분에 심지도 않을뿐더러, 저 풀꽃이 내년에 여기 또 피어 있겠지 하다가 그 자리에 다시 피어나지 않아도 꽃을 챙기거나 왜 이곳에 있던 노란 꽃이 없어졌지, 라고도 하지 않았다. 그저 바람에 날려 어디론가 가버렸나 보다 하거나 아주 작은 관심이라도 가진 사람들 마음속에서 바람에 날린 씨앗이 어느 곳엔가 뿌리를 내리고 있겠지 할 뿐이었다.

탄실은 비난과 고통에 시달릴 때면 고향을 다녀와야 일상생활을 할 수 있었다. 그래서 고향 가는 길은 언제나 설렜다. 가을 들길을 따라 걸어가는 내내 파란 하늘이, 들판의 누런 벼들이 그녀를 감미롭게 했다. 그 감미로움에 취해 비난에 시달려 혼잡스럽기만 하던 마음이 고요해졌다. 어지럽고 혼란한 서울에서의 때를 벗기고, 새로운 맑고 가뿐한 마음으로 돌아오는 길은 언제나 경쾌했다. 먼지 날리는 신작로에 나비물을 끼얹어 대지를 촉촉이 적셔주듯 고향은 평온 전령사였다. 비록 어머니가 없는 곳이지만 어린 시절을 기억해주는 유일한 곳이었다.

탄실이 고향을 다녀온 몇 주는 절로 콧노래가 나오고 머릿속에서 글들이 땡땡땡 종소리를 내며 튀어나왔다. 푸른 하늘과 넓은 들판을 보고 온 가을에는, 아름다운 자연에 반해 푸른 하늘을 노래하며 자신을 위로했다. 마음을 돌아보고 애달픈 사랑을 다독이고 평화로움을 선물해주는 고향이 영원히, 영원히 그 자리를 지켜주기를 바랐다.

오빠의 집으로 곧장 가긴 싫었다. 그녀의 발길이 멈춘 곳은 소설의 배경이 되었던 대동강가 이층 양옥집이었다.

"여기 집주인이 바뀌었나요?"

대동강변에 귀족스럽게 오뚝 솟아 있는 양옥집 앞에 멈춰서 탄실은 물었다.

"허허, 누구신고? 집주인 바뀐 지 꽤 되었수다."

허름한 조선옷을 입고 대문 앞을 비질하던 노인은 잔뜩 의아한 눈빛으로 탄실을 바라보았다.

종다리 울고 보리 이삭이 싱그러운 봄에는 쌓인 눈을 녹이며 잎들을 파랗게 피워준 싱싱한 대지의 거룩함을 노래했다. 끝이 보이지 않는 파란 들길을 걷다 지칠 무렵이면 사막의 오아시스 같은 물웅덩이가 나왔다. 이곳은 탄실이 어김없이 쉬어 가는 어머니 같은 쉼터였다. 어머니 품 같은 쉼터에서 가슴에 맺힌 것들을 풀어헤치면 동글동글 연잎들이 자신을 위해 물 위에 동동 떠 있는 듯했다. 이별의 아픔도 세간의 비난도 굳세게 이겨나가라고 웅덩이를 둘러싼 푸른 대지와 높은 산들이 그녀의 길을 우렁차게 응원해주는 듯했다.

"이 집에 귀공자 같은 신사가 살지 않았나요?"
"그랬지요. 하지만 그 양반 아내가 죽고 이곳을 떴지요."
"아, 그래요."
"영감님은 전 주인과 어떻게 되세요?"
"전 주인의 상노였어요. 지금은 일본 사람을 주인으로 모시고 있지요."
"그럼, 지금의 집주인은 일본 사람?"
"그렇소."
그때 인력거 한 대가 막 대문 앞에 섰다. 기모노를 입고 게다를 신은 젊은 부부가 우아하고 거만한 태도로 내렸다. 탄실과 노인을 번갈아 바라보던 이들은 무슨 말을 하려다가 냉랭한 태도로 쌩하니 안으로 들어갔다.

고향은 탄실을 부끄럽게도 하고 다독여주기도 했다. 그리고 다시 일어나라는 용기도 주었다. 세간의 비난에 시달릴 때도 사람들 때문에 괴로울 때도 고향을 찾았다. 동구 밖에 매어둔 송아지 목에서 울리는 금방울 소리를 들으며 어린 계집애로 돌아가 있었다. 하늘의 별을 세며 미래에 대해 점을 쳤던 때를, 글쓰는 작가가 되어 멋진 남자와 행복하게 사는 꿈을 그려보기도 했던 그때를. 그러나 그때는 가시덩굴에서는 능금을 딸 수 없었고 파초 잎에 돋아나 있는 가시를 못 보았다. 고향은 어린애였을 때나 스물이었을 때나 서른 즈음이었을 때나 언제나 그 장소에서 무료 상담을 해주는 고마운 멘토였다.

'견뎌내기, 살아남기'는 무거운 숙제였다. 두 번의 유학을 하고 가난을 견뎌내며 시를 썼고, 많은 남자들 사이에서 문학 공부를 하고 누명을 견뎌내며 소설을 썼다. 정신적으로 교감하는 자유연애를 외치며 온갖 세간의 비난에도 소설을 쓰며 견뎌냈다. 탄실은 살아가고 살아남기 위해 이들 하나하나의 뾰족한 가시에 마냥 찔렸지만 글로써 자신을 위로했고, 온몸에 상처투성이가 되었을 때면 언제나 고향은 그 상처를 어루만져주었다.

"가보슈. 무슨 일로 전 주인을 찾는지 모르지만 다음에 오슈."

"아니, 꼭 찾으려는 게 아니라……"

대문 안으로 황급히 들어가는 노인을 등 뒤에서 바라보며 탄실은 말끝을 흐렸다.

많이도 변했다. 평양의 갑부가 살았던 이층 양옥집은 이미 일인의 집이 되었고, 향수나 추억을 담았던 사람들은 흔적이 없었다. 다만 이곳엔 일인의 명령에 복종할 수밖에 없는, 눈치와 긴장으로 똘똘 뭉친 노인만이 있는 것이다.

한없이 넓은 어머니의 품에서 머리 많은 처녀는 울었다. 그 인자한 뺨과 눈에 작은 입을 대면서 그 목을 꼭 끌어안고 숨이 막히는 소리를 들었다. 차디찬 어머니의 품에서 머리 많은 처녀는 또 울었다. 그 냉락한 어머니를 보고 어머니, 어머니 어찌 돌아가셨소, 하고 부르짖었다. 누가 미워서 그리했소, 하고 울면서 춘풍에 졸던 탄실이 설한풍에 흐느꼈다. 사랑에 게으르던 탄실이 학대에 동분서주했다. 여막에 줄 돈 없으니 돌베개 베고 꿈을 꿨다. 청댑싸리 둘러 심은 푸른 길에 누군지 그의 손을 이끌었다. 그러나 그녀는 홀로였다. 어머니 산소에 다녀온 날이면 습관이 되어버린 외로움이 일탈을 요구했다. 밤이 깊어가면 설움과 우울증에 시달려 책상에 앉아 만만한 종이에 또 분풀이를 했다.

"나라야 서울아 쓰러져라, 부모야 형제야 너희가 악마거늘, 이 설움 이 아픔 이 원망을 어찌하랴."

하고 끼적끼적 끼적이다 지쳐서 잠들곤 했다. 그러면 이튿날까지 모든 고민과 번뇌는 우선 멈춤이었다. 고향은, 어머니는 그녀의 휴식처였다.

고향을 잃은 사람들은 고향을 더 그리워한다 했다. 탄실의 고향은 그대로다. 대동강이 근엄하게 흘러갔다. 권위를 품은 모란봉이 대동강을 호위하고 아담한 을밀대가 자연의 순수함을 한껏 뽐내고 있었다. 단지 그것뿐이다. 예전의 평화롭고, 자유롭던 고향의 그것들은. 경성에서 기차를 탈 때부터 평양에 내려서 개찰구를 나올 때까지 일경들의 눈에서 한 시도 자유로울 수 없었다. 그러나 행동이 부자유스럽고 마음마저 억압당할 때, 그녀를 숨 쉬게 하는 것은 오직 과거로 들어가는 것이었다.

두 번째로 탄실을 이끈 곳은 모란봉이었다. 비탈진 산길을 오르는 것은 힘이 들고 숨이 찼지만 마음은 기쁨으로 넘쳤다. 조금만 더 올라가면 숨이 탁 트이는 정자가 반길 것이기 때문이었다. 정자에 올라 대동강을 바라보는 통쾌함은 아무나 느낄 수 없었다. 그것은 선택받은 자만이 누릴 수 있는 특권 같았다.

숨을 고르며 내려다보는 대동강은 정말 값지고 보석 같은 것이었다. 십여 년의 고독한 생각과 찌든 삶에 활기와 생명을 불어넣어주었다. 고향의 향기에 취한 탄실의 가슴속에는 기쁨과 환희가 가득

찼다. 게다가 대동강변의 가을 풍경은 더욱 향수와 추억을 자극했다.

'남풍에 나부끼는 저 대동강변 버들을 한 줌만 꺾어 돌아가면 허전한 깊은 밤을 상그레 보낼 것 같은데. 치맛자락 펼쳐서 들꽃들을 한 아름 꺾어 가면 고향 내음 그윽하여 숨은 정을 안아서 포근히 잠들 것만 같은데.'

을밀대로 향하는 탄실의 발걸음은 새털처럼 가볍다. 어릴 적 꿈을 이룬 것만 생각하면 그렇다. 유학으로 습득한 신지식과 작가로서 가졌던 열정이 헛되지만은 않은 것이 분명했다. 십오여 년간 탄실이 사회 활동을 한 것이 보통 사람의 삼십 년 삶을 산 것과 같은 느낌이었다.

소설가로 시인으로 신문기자까지, 열정의 끝이 그녀의 생애에 어느 정도의 흔적을 남겨놓은 것 같았다. '남겨진 시와 소설, 평론 등, 열정과 꿈을 위한 노력의 대가로 어느 정도 만족할 수는 있겠지.'

산허리를 돌아 을밀대가 보이기 시작하자 길은 소 등을 타고 가듯 완만하고 향기로웠다. 고향 내음이 솔솔 가을바람을 타고 물씬 안겨왔다. 평양 사람인 듯, 몇몇이 아담하게 앉은 을밀대로 걸어가고 있었다. 오랜 일본의 지배로 피폐한 삶이다. 그래도 사람들의 모습에는 순수함이 묻었다. 허름한 한복 차림이지만 매무새도 단정했다. 지금 일본이 어떤 만행을 저지르고 있는지는 모르는 것 같았다. 아니, 알고도 모르는 척, 바보처럼 살아가야만 살아남을 수 있다고 생각하고 있는 듯했다.

말을 걸어보고 싶었다.

"가을바람이 제법 쌀쌀하지요?"

"……."

낯선 행인이 걸어온 말에 대답 대신 멀뚱히 쳐다만 보았다.

"저도 여기가 고향이에요."

"……?"

자유와 평화와 여유로움을 잊어버린 듯 사람들은 여전히 대꾸가 없다.

"용덕면……."

"그래요."

노부부 중 할아버지가 야윈 어깨를 움찔거리며 짧게 대답하고는 정자로 발을 뗐다. 모두가 인간관계를 잃어버린 듯 사람들의 표정에서는 아무것도 읽을 수 없었다. 혹은 순수함에 잔뜩 상처를 입은 듯, 이들은 침묵으로 일관했다. 속까지 파고든 무엇이 이들을 이렇게 만들었을까? 무언의 대화로 그 이유를 충분히 알 수 있었다. 할머니 손을 잡은 예닐곱으로 보이는 남자아이만 눈망울이 초롱초롱했다.

을밀대에서 바라보는 대동강은 끔찍하도록 휑했다. 고요히 흐르는 강 주변으로 펼쳐진 넓은 들에는 벼들이 누른 이빨을 드러내고 있었다. 얼기설기 잠든 벼들이 더러는 논둑에 비스듬히 엎어져 있었다. 이 넓은 들판에서 수확한 쌀들은 모두 우리들이 가져가야 할 것이다. 꽃피는 봄을, 땡볕을 마다 않고 무더운 여름을 피땀으로 견뎌 낸 우리 농민들이 당당하게 걷어들여야 마땅할 것이다.

탄실은 쌀 수탈 현장을 목격했다. 신문기자 생활을 할 때 군산에 갔던 적이 있었다. 어마어마한 보석들이 큰 배에 선적되는 것을, 그리고 줄을 서서 기다리는 가마니에 든 생명들을 보고도 아무런 일도 할 수 없었던 것을, 신문에 게재하여 실태를 낱낱이 고발하고 싶었지만, 일본인 사장의 검열에 걸려 기사로 실을 수 없었다. 이유도 참 황당했다. 불온 내용이라는 것이다. 사실을 사실대로 알리지 못하고, 일어나고 있는 현실을 기사로 싣지 못하는 언론 탄압에 분노했던 일이 떠올랐다.

탄실도 역시 변해가는 시국에 현명하게 대처하지 못해 주권을 빼앗긴 나라의 국민이다. 작으나마 그녀가 할 수 있었던 일은 고작 작가로서 작품을 남기는 일뿐이었다. 황무지나 다름없는 이곳에서 서구 문화를 받아들이고, 그 새로운 것들을 글로서 남겨놓는 일이 그녀가 할 수 있는 전부라는 사실에 안타까움만 뼈저리게 겪었던 것이다. 몇 명도 안 되는 이 시대의 신지식인으로서 책임을 통감했다.

"언니!"

"어머, 아가씨! 어떻게 알고 오셨어요?"

"동네 사람이 알려줬어요."

"이게 얼마 만이에요."

"꽤 오래되었죠? 오빠는요?"

"논에 갔으니 곧 들어올 거예요."

"네에."

예전에 살았던 집은 일인들이 점령하고 있었다. 서울에서의 생활을 접고 고향으로 돌아온 오빠의 집을 알아내어 찾아간 곳은 허름하고 좁았다. 낡은 기와지붕이 아담하게 보이는 좁은 대문을 들어서니 올케가 우물에서 푸성귀를 씻고 있었다.

집으로 향할 때, 탄실의 마음은 착잡했다. 어머니가 떠나고 없는 집, 맏딸이지만 동생들에게 변변히 해준 것이 없다. 어릴 때 객지로 나와 혼자 적응하여 살기 급급했다. 돈을 많이 벌지도 못했다. 자신의 꿈을 이루려는 욕망과 영양가 없는 사랑에 빠져 허송세월을 했다고 동생들은 원망 섞인 말을 내뱉을지도 모른다. 집안의 몰락을 알려온 동생의 편지를 받은 지는 오래되었다. 그때 동생들의 말처럼 일과 사랑에 빠져 편지의 내용이 눈에 들어오지 않았을 것이다. 어쩌면 동생들 말처럼 자신은 어리석고 바보 같은 삶을 살았을지도 몰랐다. 남들처럼 떳떳하게 결혼도 하고 애들도 낳고 행복하게 살았다면 이렇게 고향 가는 길이 어둡지 않았을 수도.

"너는 잘 지내고 있냐? 가끔 인경이가 네 소식을 전하기는 했다만, 이제 예전 그 시절로 돌아갈 수는 없겠지. 다들 시집가고. 너만 혼자여서 걱정이 되는구나."

오랜만에 핏줄을 나눈 형제와 저녁을 같이 먹은 탄실은 조금 평온해졌지만, 오빠의 그늘진 얼굴을 바라보려니 이내 착잡해졌다. 평양의 대부호였던 아버지의 그 많은 재산은 아버지 살아생전에 절반 이상이 날아가고, 얼마 남지 않은 전답도 토지조사라는 명목하에 일인들에게 빼앗겼다. 그나마 남아 있던 전답도 여러 해의 흉년으로 진 빚을 변제하려고 팔아야 했다. 오빠는 전답을 산 주인의 배려로 빌린 그 논밭을 일구어 겨우 생활을 하고 있었다.

집의 곤궁함이 곳곳에 있었다. 방에는 장롱 하나 없이 낡은 궤짝이 그 장소를 차지했고, 겨우 서책을 꽂는 장식장만 덩그러니 놓여 있다. 먹을 것이 마를 날 없었던 부엌은 쥐들이 배를 곯다 굶어 죽을 만큼 횅했고, 천장에 매달아놓은 보리밥 바구니만 대롱거렸다. 마당 한쪽에 붙은 장독대의 우그러진 장독 두어 개는 그녀를 더욱 슬프게 했다. 오빠의 집은 속상하고 슬픈 현실이 그대로 투영되어 있었다.

미처 내놓지 못했던 과자 봉투를 큰방에 슬쩍 밀어 넣고 '바쁜 일이 있어 못 뵙고 갑니다'라고 쪽지를 남기고 탄실은 집을 나왔다. 입에 풀칠이라도 하려고 아침 일찍 가을걷이하러 논에 갔다가 돌아올 오빠 부부에게 자신이 갔다는 것이라도 알려주어야 했다.

탄실은 평양 근처로 시집간 동생 인경에게로 갈까 생각하다가 역으로 발길을 돌렸다. 인경뿐만 아니라 다른 동생들의 사정도 그리 좋지 않다는 것을 알고 있었다. 설령 간다고 해도 그들이 자신을 얼마나 이해하고 있을지도 의문스러웠고, 변변찮은 그녀를 반갑게 맞아주지도 않을 것 같았다.

평양역으로 가는 길은 온 들판이 누랬다. 가을걷이하는 사람들이 듬성듬성 허리를 굽혔다가 폈다가를 반복했다. 한 해 중 이즈음이 제일 살맛 날 것이다. 저들에겐. 일본이 갖은 이름으로 그것을 다 빼앗아가더라도 단 한 달만이라도 기쁨이 있으면 좋을 것 같았다.

'저곳에 오빠와 내 동생들도 허리 굽혀 일하고 있겠지.'

오빠를 만나 오랜 추억을 함께했던 평온함도 잠시였다. 그래도 푸른 나무들이 알록달록 붉게 물든 가로수와 먼지가 날려 눈앞을 흐리게 하는 이곳 고향만은, 객지에서의 고난을 깨끗이 씻어주고 자신을 영원히 기억해줄 것 같았다.

"언제 또다시 오려나."

탄실은 고향을 영원히 떠나는 것처럼 중얼거렸다.

혼란 속에도 꿋꿋하게

싸늘한 가뭄에 시들어 있던 민들레는 잠깐의 단비에 파릇파릇 잎이 돋아났다. 적당히 쓴맛을 지녔지만 성질이 평범하고 독성이 없는 민들레는 꿀처럼 달았고, 푸른 잎과 흰 뿌리는 그 영양소도 다양하게 함유하고 있었다.

비록 스캔들에 시달리다 신문기자 생활도 접었지만, 탄실은 영화 출연의 제의를 받고 흔쾌히 승낙했다. 문학 공부를 하고 글을 쓰고 언론사에서만 일을 했던 그녀에게 영화 출연의 제의는 다른 세계에 대한 호기심을 만족시키기에 충분하고도 매력 있는 일이었다. 하지만 신작로의 가로수만큼 많은 일경들의 감시 속에 무엇 하나 계획대로 되는 일은 없었다. 첫 번째 영화 출연은 취소되었다.

그녀에게 다행히 기회는 다시 주어졌고, 그해 10월에 다른 배우와 함께 〈나의 친구여〉에 출연하여 현실에서 이루지 못하는 것들을 가상세계에서 이루는 기쁨을 얻었다. 영화 제작에도 일경의 사전검열이 있었지만 영화 출연은 오랜 가뭄에 꿀 같은 단비였다. 그것은 생활고에 시달리는 현실을 다소 해갈시켜주기도 했다.

여인으로서 성숙미가 넘치는 그녀가 한 번도 입어보지 못했던 유행하는 화려한 옷을 입고, 고전미를 지닌 가구들로 장식된 실내에서 우아하고 지적인 모습으로 의자에 앉아, 상대역인 젊은 남자를 그윽하게 바라보는 모습이 떠올랐다. 가난하고 영혼까지도 자유가 없는 세상에서 그녀는 이상적 세계인 무대에서만이라도 화려하고 멋지고 여유로움을 가지고 싶었을 것이다.

조연으로 잠깐잠깐 출연하던 탄실은 경험이 쌓이면서 이후엔 주연 자리를 당당히 따낼 수 있었다. 그리하여 세 편의 영화에 출연하였다. 평범한 듯 당찬 그녀의 모습은 시나 소설뿐만 아니라, 활동성을 요구했던 기자 생활도 잘 해냈고, 스타적 기질을 더해 영화배우로도 이름을 얻었던 것이다.

그녀의 집 안은 대리석 침대 위에 두 개의 베개를 나란히 놓아두고, 사랑스러운 아들이 장난감을 가지고 재잘거리고, 거실 중앙에는 하얀 비단보를 씌운 둥그런 탁자가 여유로움을 더하고 있다. 그녀가 흔들의자에 앉아 고소한 향기가 스물스물 올라오는 커피를 마시다 금 쟁반 위 달달한 초콜릿을 입에 물고 따사롭게 책을 읽는 모습이 그려졌다. 단 몇 시간만이라도 탄실은 그러고 싶었을 것이다. 동명이인의 배우였다는 이야기도 있지만 탄실은 영화 속의 가상세계에서만이라도 답답한 현실을 벗어나 이상적인 생활을 하고 싶었을 것이다. 하지만 사랑은 잠시였고 이별은 길었다. 여름날 잠깐 나왔다가 사라지는 여우비처럼. 인기는 반짝이었고, 사라짐은 길었다. 긴 여운만 남기고 영화배우로서의 탄실은 또다시 어둠 속으로 사라져버렸다.

'직원 구함, 군복 만드는 공장임.'

탄실이 직접적인 사회 활동을 접고 집 안에서 시에 몰두해 있을 때였다. 신문의 잡다한 기사들 속에서 유독 눈에 띄는 모집 광고였다. 일본이 중국 땅을 차지하기 위해 일으킨 전쟁이 한창일 때, 그들의 군인을 위로하기 위한 위안부 모집 광고를 눈속임으로 이렇게 낸다고 들었다. 광고로는 버젓하게 군수품 만드는 직공이라고 모집하고, 실상은 기차에 태워 중국과 동남아의 전쟁터에 강제 위안부로 보낸다는 사실을 공공연하게 들었다. 이 모집 광고도 그런 것일 수도 있었다. 탄실은 한숨이 나왔다. 내 동생 같은데, 내 이웃들인데, 강제로 끌려가 유린당하는 모습을 상상하기도 싫었다. 제발 사실이 아니기를 헛소문이기를 빌었다.

다음 쪽에는 '조선인 군인 징용'이라는 머리기사가 넓게 펼쳐져 있었다. 강제합병으로 시달린 조선인들에게 가혹하리만치 식량을 빼앗아 가고 조선어와 문화 말살까지 자행하는 일본이 이제 저네들 전쟁에 우리나라 젊은 청년들을 강제로 끌어다 참여시키려 했다. 총알받이로, 방탄조끼 같은 존재로. 분노가 치밀었다.

더 피부에 와닿는 기사는 다음 쪽이었다. 무기를 만들기 위해 쇠붙이란 쇠붙이는 다 거둬 간다는 기사가 아주 조그맣게 실려 있었다. 밥해 먹는 가마솥은 물론이고 밥그릇, 숟가락까지 가져가면 어디다 밥을 해 먹고 어떻게 살란 말인가. 미쳐가는 일본이 드디어 발악을 하는 것인가. 어떤 일가족은 조상님 제사 지내는 놋그릇만은 제발 돌려달라고 했더니 일본 순경이 머리를 개머리판으로 갈겨 그 사람을 쓰러뜨렸다는 얘기도 떠돌아다녔다. 그나마 신문에는 일제 검열의 눈을 피해 사실을 걸러서 실은 게 이 모양이니 더 깊은 속사정들은 말로 표현할 수 없을 정도일 것이다.

탄실이 안타깝고 쓰린 현실을 비통해하며 그녀가 한때 몸담았던 신문을 펼쳤다. 그래도 동토에 작은 꽃이 피어 있었다. 탄실이 쓴 시가 실려 있는 것이다. 열두 살에 가마 타고 눈물 적시며 시집가, 열여섯에 처녀 과부가 된 여인이 남편 비석을 만들어달라고 부탁하니,

이를 애처롭게 바라보던 석공이 비석을 정성껏 만들어주는 내용이다. 탄실이 산이 둘러싸고 있는 서울의 풍경을 시작으로 석공의 마음을 그려본 것이었다. 일제 압박에 시달리고 가난이 고통스러워 조혼으로 삶의 고통을 감내해야 하는 비참한 여인의 모습을 그려보고 싶었던 것이다.

탄실이 신문을 접었다. 그녀가 몸담았던 신문은 그녀도 알다시피 한일합병이 되고 단 하루 만에 일본이 인수한 신문이다. 사장이 일본인이라 조선의 현실을 곧이곧대로 싣지 않는다는 것을 잘 알고 있었다. 일본의 입맛에 맞춰 기사를 실었고 불온한 내용이나 일본에 저항하는 내용은 철저하게 배제했다. 이곳에 종사하는 언론인들은 저항하기보다는 살아남기 위해 시류에 편승한 것처럼 보였다. 근무할 때는 몰랐는데 이제는 한심하다는 생각이 들었다.

탄실은 보던 신문을 내팽개치고 서너 해 전에 써놓은 시를 들여다보았다. 언제나 고향은 그리움이자 마음의 고향이며 시의 고향이기도 하다. 나 하나 별 하나, 별 하나 나 하나 북촌 애들이 부른다. 을밀대 희롱하고 모란대 불어 내리는 추풍, 옛집 후정에 서서 사적삼의 어깨를 떤다. 탄실은 어린 시절로 돌아가고 싶었다. 그렇지만 이것은 이루어질 수 없는 일이다. 꽃다운 나이도 지나고, 보통의 여인들 같으면 사위도 보고 며느리도 볼 수 있을 것이다. 탄실에게 시와 소설은 아들이며 딸이었다. 곧 남편이기도 했다.

탄실이 문단에 데뷔하고 글을 쓰기 시작한 지 이십 년이 다 되어

가니 시나 글을 만들어내는 실력도 능수능란해졌다. 짧은 시에서 긴 장시도 쓸 수 있고 고향을 떠나 타향에서 느끼는 시도 쉽게 쓸 수 있었다. 하지만 소재의 한계에 부딪쳐 한쪽 면만의 느낌이라고 꼬투리를 잡아 끈질기게 지적질을 받는 탄실은 속상했다. 그렇지만 쉬지 않고 일을 했다. 시도 계속 쓰고 생활에서 얻은 경험으로 산문「생활의 기억」도 썼다. 화려한 시절은 아니어도, 경험으로 얻은 실력을 마음껏 발휘하였고, 다시 오지 않을 시절을 아쉬워하며 글을 썼다.

'사공의 뱃노래 가물거리며 삼학도 파도 깊이 스며드는 때, 부두의 새악시 아롱져진 옷자락 이별의 눈물이냐 목포의 설움.'

라디오에서 애달픈 노래가 흘러나왔다. 가수 이난영이 부르는 〈목포의 눈물〉이었다. 순희의 집에서 은거하다시피 바보처럼 글만 쓰는 탄실에게 한꺼번에 빛이 쏟아지는 것 같았다. 『조선일보』에서 주최한 향토 노랫말 공모대회에서 장원을 차지한 노래였다. 일제의 가혹한 수탈의 상징 항구인 목포를 빗대 망국의 설움과 잃어버린 조국에 대한 열망을 은유적으로 잘 묘사하여 답답한 가슴이 뻥 뚫리는 것 같았다. 하지만 이 가사도 일제에 의해 강제 수정을 했다고 들었다.

탄실은 쓰던 소년소설을 팽개치고 달려가 SP판을 사고 싶었다. 하지만 이내 생각을 접었다. 텅 빈 주머니 사정 때문이었다. 친구 집에 손님처럼 살고 있는 처지에 비싼 SP판을 사는 일은 사치 중에 사치였다. 영화에 출연하고 시가 신문에 발표되어 한두 명의 사람으로부터 긍정적인 평가와 앞으로의 기대를 받았지만 팍팍한 주머니 사정은 늘 탄실의 삶을 옥죄었다. 그녀가 할 수 있는 것, 가장 잘하는 것, 그나마 가장 돈이 적게 드는 일은 오직 글을 쓰는 일이었다.

『어린이』의 창간부터 사망까지 함께한 방정환의 계보를 잇는 박태원과 김영수의 소년소설은 시대의 문학 주류를 이루었다. 탄실은 이에 동조도 하고 어려운 경제 사정을 생각해 소년소설을 쓰기 시작했다. 먼저 밀감을 먹다가 귤나무는 어떻게 생겼는지에 대해 호기심이 생긴 부동이가 돈 오 전을 들고 여러 가게로 다니는 사이, 걱정이 된 어머니가 여기저기 찾아다니다가 부동이를 만나고, 밀감나무는 식물원에 있다는 것을 깨달으며 끝나는 내용의 동화를 썼다.

그리고 유학 시절에 고아원에서 봉사 활동을 하며 얻은 경험을 토대로 글을 썼다. 도쿄의 고아원에서 자란 시몬과 릴리가 누군가에게 입양됨으로써 자신들의 꿈을 이루게 된다는 소재로 글을 쓰고 싶었다. 소년소설은 짧아야 되므로 세 편으로 나누어 연재하는 게 좋을 것이라 생각했다. 「고아원」「고아의 결심」「고아원 동무」를 연작으로 써서 신문에 발표했다.

글을 발표하고 신문에 이름이 오르지만 문단의 주류를 이루는 남자들은 그녀를 그냥 내버려두지 않았다. 그러나 그녀가 쌓은 신지식을 풀어내는 성숙한 글쓰기는 가로막지 못했던 것이다.

탄실은 예전보다 뭇매에 단련된 자신을 생각했다. 문학계를 주름

잡는 남성들이 자신을 향해 아무리 가십성 기사들을 쏟아내도, 불빛 찾기와 해학적 시침떼기의 소설적 수사법을 사용하여 소설을 쓰는 형식이 주류를 이루어도, 그 벽을 넘어 나만의 문학의 길을 가리라. 나의 태생을 인정하고 나의 신념을 포기하지도 않으리라. 생활에서 부터 터를 닦은 문학을 길이 남기고, 참사랑의 여성문학을 성실하게 기록하리라. 그녀의 체험이 묻은「시로 쓴 반생기」라는 긴 시로 그것을 당당하고 꿋꿋하게 드러냈다. 아무도 도와주지 않는, 누구에게도 관심받지 못하는 처지의 그녀에겐 문학은 삶의 목표이자 지팡이이기도 했다. 하지만 글쓰는 일이 부자와는 거리가 먼 것이라 후원자가 없는 탄실은 늘 궁핍했다. 순희 집에 오래 머물 수 없어 또 어느 곳으로 떠나야만 하는 것이 현실이었지만 문학의 끈은 꼭 붙잡고 싶었다.

현실이 힘에 부칠 때, 탄실의 의지만으로 굳세게 헤쳐나가지 못할 때, 나라 없는 슬픔이 곳곳에 배어 혜택받지 못하는 설움, 문단에서의 불명예, 언론에서 가십성 기사들이 쏟아지고 작가로서 존중받지 못할 때 그녀는 괴로움에 떨었다. 사방에 벽이 막히고 하늘마저 내려앉은 느낌이 들 때 탄실은 성당에 갔다. 어릴 때 예수님에게 기도하고 교회에 다녔던 경험 덕분에 성당도 낯설지 않았다. 그러나 성당도 예전의 그것과 많이 달라져 있었다. 총소리가 탕탕 울렸고, 건물의 사방 벽과 종탑은 총구멍이 뚫려 한바탕 전쟁을 겪은 듯했다. 숨어든 독립투사를 잡기 위해 일본이 그렇게 해놓은 것이었다.

다행히 거룩한 제단은 손상되지 않아 성당으로서 제구실을 하고 있었다. 그녀는 곧 기도했다. 분노로 온몸과 온 마음이 소금에 절인 듯 내려앉을 때 마리아께 기도하면 그 마음과 몸이 깨끗해지는 것 같았다. 방 안의 성모상 앞에 촛불을 켜놓고 밤새워 명상에 젖어 있으면 머릿속이, 마음속이 절여 있던 그것이 정화되고 사라졌다. 마치 성모님은, 아이의 죄를 대신 짊어지고 가는 어머니와도 같았다.

두 손이 못으로 뚫리고 벌거벗겨진 채로 십자가에 매달린 예수님, 그 시신을 끌어안고 고통에 울부짖는 어머니 마리아, 탄실은 이보다 나은 것이다. 육신이 찢어지지도, 내 살 같은 핏줄이 자신의 눈앞에서 억울하게 목숨을 잃지도 않았으므로. 촛불이 다 닳도록 명상을 하고 묵주를 쉼없이 돌리다 보면 괴로웠던 마음이 정화수에라도 씻은 듯 맑아졌다. 그녀의 구세주는 예수님이고 성모마리아였다.

"만세, 만세!"

골목마다 사람들이 몰려나와 해방의 기쁨에 들떠 있었다. 그러나 해방이 되었어도 탄실에게 달라진 건 없었다. 씻은 무 같은 젊음이 있어 다시 시작할 수 있는 것도 아니었고, 가진 거라곤 발표한 몇 권의 책과 손에 쥔 기도하는 도구 묵주뿐이다. 물론 중년의 여유로움도 없었다. 오직 마리아께 의지하며, 살아 있으니 살아야겠다는 본능적인 마음만 있을 뿐이었다.

"꼭 가야겠어?"

"예전 유학 중에 알던 분이 번역을 부탁해서 가야 해."

"해방이 됐으니, 여기서도 자유롭게 일자리 구할 수 있을 건데 그러니."

"그분이 부탁한 거 해주고 다시 오면 되잖니."

"그래, 고향을 어떻게 등질 수 있겠어? 꼭 다시 와."

탄실은 순희에게 거짓말을 했다. 부탁한 원고 정리가 끝난 지도 몇 해가 지났고, 순희 집에 더 신세를 진다는 것은 너무나 염치없는 일이었다. 탄실도 이곳저곳 직장을 알아보지 않은 것은 아니었다. 가는 곳마다 스며 있는 그녀에 대한 비난의 자국이 지워지지 않고 그녀를 아프게 했다. 다시 생각한 것이 최후의 수단으로 살아본 곳에 지금 건너가면 그나마 살 수 있을 것 같았다.

'바다를 건너가면 예전처럼 다시 글을 쓸 수 있을까. 가슴속에 맺혀 있는 상처의 방울들이 치유될 수 있을까? 아무려면 어때, 나를 잘 알지 못하는 곳이니 마음이라도 편하겠지.'

바다를 건너가는 탄실의 마음은 나이 탓인지, 어렵기만 했던 문학인의 길을 전투하듯 견뎌내고, 굳은 의지로 극복하려 애쓰던 열정은 보이지 않았다. 어쩔 수 없는 현실과 이상과의 괴리에 자신의 욕망을 체념한 듯했다.

망양초, 그녀

민들레는 약초로 쓰였다. 하지만 누구도 그 쓰임을 귀하게 생각하거나 모두가 아는 비상약처럼 상비해두고 쓰지 않았다. 어쩌다가 아주 가끔 쓰임을 아는 사람이 상그럽게 올라온 민들레를 가져다가 귀하게 쓰기도 했다. 하지만 그것도 선택받지 못했을 경우에는 다른 잡초와 함께 말라비틀어지고 추위에 꽁꽁 얼어서 숨죽여 겨울을 났다. 간신히 살아남은 연약한 뿌리는 하늘의 도움으로 이른 봄 다시 소생할 날을 기다리기도 했다.

오십이 넘은 나이에 또 일본에서 생활하게 된 탄실은 설핏한 노을을 바라보며 지난날을 되돌아보았다. 나는 어떻게 살아왔는가. 내가 이루어놓은 것은 무엇인가. 내가 지금 가진 것은 무엇인가. 한 가지 일만 해온 나 자신은 잘 살아왔는가. 젊은 날 두 갈래 길에서 선택한 길이 옳았는가. 나는 왜 다시 치유받지 못할 땅으로 돌아왔는가. 정신적으로도 물질적으로도 어느 것 하나 풍족한 게 없는데 그나마 젊은 날 짧았던 사랑이 나를 지탱해주었는가. 짧았지만 열정을 바쳤던 사회 활동과 글쓰기로 젊은 날을 추억하고 내 마지막 한 줄을 떳떳하게 정리할 수 있는 것인가.

도쿄 뒷골목의 좁은 다다미방에서 생활고에 찌들어 하루하루를 겨우 지탱하던 그녀는 낮과 밤을 지난날을 돌아보는 데 보냈다. 생활고는 탄실의 일생에 늘 친구처럼 동반되었고 그것에 단련된 그녀는 한 끼 먹을 식량만 있으면 나머지 시간은 재미있는 상상을 했다. 그리고 밤이 되면 마리아께 바치는 명상과 꿈을 통해 현실에서 이룰 수 없는 것들을 실현할 수 있었다. 그것이 그녀는 더없이 행복했고, 오히려 밤이 기다려지기도 했다. 어머니의 웃는 모습이 보였다가 어느 날은 문단에 데뷔한 그녀가 함박웃음을 웃으며 기뻐하는 것이다. 뒤척이다 돌아누우면 다정하게 속삭이는 유순이 그녀를 안아주었다. 그녀의 영혼은 꿈속의 환영이 현실인 듯 착각과 소망 속에서 헤맸다.

늦여름, 어스름한 저녁, 저물어가는 저녁놀이 밥 짓는 초가지붕 뒤로 발갛게 숨어들고, 정유순의 집에서 모락모락 피어오르는 은실 같은 연기가 탄실의 마음을 선득하게 했다. 탄실은 정유순의 집 뒤 솔가지 덤불에 살포시 앉아 있었다. 산에서 불어오는 바람이 솔가지들을 흔들어 그녀를 향하여 굽실굽실 절을 하는 듯했다. 초가집 좁은 골목에서는 아이들이 어두워지는 줄도 모르고 숨바꼭질인지 뭔지 하면서 뛰어놀고 있다.

"무궁화 꽃이 피었습니다. 무궁화 꽃이 피었습니다." 하고 아이들이 부르며 놀고 있으리라. 이 소리들이 그녀의 가슴속까지 들려서

"왜, 한 하늘 아래, 한 믿음으로 이 세상을 살면서 진실된 사랑을 숨겨야만 하는가."

하고 애달프게만 들리는 듯했다.

"우리를 못 만나게 할 사람은 아무도 없는 것이다. 술래가 숨은 아이들을 찾아 같이 웃으며 놀듯이."

쓰라리, 쓰라리. 그러나 그녀의 생각을 꿰뚫듯이 귀뚜라미들만 박자에 맞춰 애처롭게 울어댔다. 저녁놀은 어느새 숨바꼭질하던 아이들과 함께 집으로 들어가고 맑은 하늘 가운데로 은하가 건너갔다.

탄실은 엉덩이에 묻은 솔가지들을 털고 일어나 우두커니 섰다. 이때 마침 대문을 나서는 어떤 이가 어렴풋이 보이고,

"정 군. 자, 일단 들어가세. 헛소문이라 하지 않았나."

산에서 내려와 정유순의 집 담 모퉁이를 돌아설 때 탄실에게 들렸다.

"그녀를 봤다지 않았나. 명순이, 나를 찾아왔다고. 이 군, 이것이 유령도 아니고 동물도 아닌 사람의 우수일 것일세."

"자, 부질없으니 들어가세나. 오긴 누가 왔단 말인가. 들어가서 반주나 한잔하세그려."

하며 소리가 멀어지고 있었다.

"씻은 듯이 생각이 사라지지 않으니 어쩌겠나."

탄실은 또다시 소금 기둥이 된 듯 그 자리에 서 있었다. 잠시 시간이 지나자 그녀의 마음에 요동치는 것이 있었다.

'오, 정유순의 음성이다. 그이가 아니면 어디서 저런 음성을 가진 사람이 있으랴. 그렇다, 그렇다. 그도 날 그리워하고 있어.' 하고 벽

돌담 밑까지 허둥지둥 뛰어가서 이미 굳게 닫힌 정유순의 집 담을 애타게 훔쳐보았다. 담 가까이 가서 석등 주춧돌 위에 까치발을 하고 서서 담 안을 들여다보니 달밤의 넓은 마당엔 이미 달빛만 고요히 뜰에서 놀고 있었다.

영화의 한 장면을 연속적으로 돌려대듯 그녀의 행복했던 날들은 하나씩 꿈속인 듯 아닌 듯 정리되고 있었지만 그녀는 현실을 부정하고 그것이 어제 일인 양 추억하고, 나는 아직 마음이 젊다고 되뇌었다. 그녀가 가장 행복했고 가장 아름다웠던 때가 그렇게 흘러흘러 그녀의 주변에서 떠내려가고 있었지만 그녀는 머리를 두 손으로 움켜잡고 그것을 세차게 부인했다.

"아주머니, 눈을 떠보세요."
"여…… 여기가 어디예요."
"여긴, 병원이에요. 아오야마 병원요."
"내가 왜 여기……."
"그저께 어떤 남자분이……."
흐릿하게 하얀 캡을 쓴 작은 얼굴이 보였다. 앳되어 보이는 간호사가 하는 말이 모기 소리처럼 앵앵거렸다. 탄실은 하얀 천장과 앳된 간호사가 낯설 뿐만 아니라 의아함까지 밀려왔다. 게다가 간호사가 하는 '병원이요, 어떤 남자분이……'라는 말이 자신을 두고 하는 말 같지 않았다. 내가 왜 병원에 누워 있으며 또 어떤 남자분이라니 도대체 누구란 말인가.

몸을 뒤척여보려고 했지만 온몸에 석고라도 바른 듯 움직여지지 않았다.

"움직이지 마세요."

"내가 왜 이러죠?"

"넘어질 때 머리를 다쳐서 움직이면 안 돼요."

머리와 손과 발에 하얀 붕대가 감겨 있었다.

"쿨럭 쿨럭. 남자라니요?"

연신 기침이 새어 나왔지만 그 남자가 누구인지 궁금했다.

"폐렴에 손과 발까지 동상이 심해요. 가만 누워 계세요."

버둥거리며 일어나려는 탄실을 간호사가 만류했다.

기침과 동상으로 둘러싼 손발로 답답함에 허우적거리다 그녀가 깨어난 것은 사흘이 흘러간 뒤였다.

"빠가야로! 빠가야로!"

그녀의 귓가로 괴성이 들렸다. 벌써 사 년도 더 지났으나 히로시마 원폭 피해자가 어마어마하다고 옆 병상의 젊은이가 침을 튀겨가며 말했다. 그녀도 히로시마 원자폭탄 투하로 일본이 항복했다는 것을 알고 있었다. 그 피해가 엄청나서 히로시마에 거주하는 우리 동포들도 말할 수 없는 고통에 시달린다고 했다. 그녀가 생계를 위해 거리에서 땅콩을 팔던 때, 땅콩을 사 가는 사람들이 떠들어대는 소리를 들었다. 추운 겨울 종일 땅콩을 팔고, 온기라고는 없는 냉방에서 하루하루를 지탱하던 때, 그 말들이 가슴속을 쑤셔대어 쓸쓸하기만 했다.

한국에선 북한의 남침으로 피난민이 부산으로 몰려들었고, 때를 맞이한 일본은 무질서하게 활기를 되찾고 있었다. 또다시 우리나라가 혼란에 빠지고, 보호자가 없는 조선인을 돌봐주는 일은 의사나 간호사들에게 의무였지만, 정작 그들은 무관심하기만 했다. 영양가 있는 음식을 잘 먹고, 약도 규칙적으로 먹어야 했다. 그러나 그녀에겐 보호자의 따뜻한 손길도 없었고, 누구 한 사람 관심 가져주는 사람이 없었다. 자국민들 살피기 바쁜 그들은 조선인 여인 하나쯤 그냥 죽어나가도 눈도 깜짝하지 않았다.

탄실을 입원시켰다는 그 남자는 그날 이후로 한 번도 여기를 오지 않았다고 했다. 그 남자가 누군지는 결국 알지 못했다. 인상에 대해 나이에 대해, 키에 대해 특징에 대해 간호사에게 꼬치꼬치 캐물었지만, 그들은 누가 누군지를 구분하지 못했다. 탄실은 그가 정유순이었기를 바랐다. 그렇게 믿고 싶었다. 그가 그녀를 여기에 옮겨놓았다면 편안히 죽을 수 있을 것만 같았다. 티끌만큼의 애정이 남아 있었다는 증거이기 때문이었다.

피 섞인 기침은 날이 갈수록 심해졌지만 의사와 간호사의 손길은 날이 갈수록 뜸해졌다. 가끔씩 바르는 동상 연고도 이미 썩어들어가는 피부를 어쩌지 못했다.

'이렇게 가는 건가.'

쿨럭 쿨럭, 병들고 지친 몸은 살고 싶은 욕망을 마구 짓누를 뿐이다. 휘리릭, 휘어릭, 세찬 바람이 창문을 흔들었다. 허름한 병실에 차가운 기운이 가득했다. 겨울이 지나고 파릇파릇 새싹이 돋아날수록 그녀의 몸은 더욱 병들어갔다.

다시 피는 민들레

꽃샘바람이 플라타너스 고목을 한차례 스치고 갔다. 고목을 둘러싼 나무 울타리에는 검은 이끼가 말라붙어 있었다. 울타리 사이로 파란 새싹들이 옹기종기 올라오고, 얼굴이 흙빛인 여인이 휠체어에 앉아 무언가를 찾는 듯 상체의 움직임이 부산했다. 나이로 보면 그리 노인은 아닌데, 가위로 아무렇게나 자른 짧은 머리가 보호자의 따뜻한 손길은커녕, 방치하고 버려진 늙은 노파의 행색 바로 그것이었다. 슬픈 눈으로 꽃을 바라보는 여인의 발은 붕대로 친친 감겨 큰 슬리퍼가 감당하기에도 버거워 보였다.

'들어가시지요?'

훤칠한 키의 젊은 남자는 휠체어 손잡이를 잡으며 그녀가 들어가기를 재촉했다. 그러나 여인은 들어갈 기미를 보이지 않았다.

'······.'

고목을 흔들던 바람이 한차례 더 불어왔다. 얇고 낡은 환자복을 입은 아이같이 작은 여인의 몸도 심하게 흔들렸다. 쿨럭쿨럭, 거친 기침을 뱉는 그녀의 손바닥에 검붉은 피가 쏟아졌다.

'이러다 큰일나십니다.'

젊은 남자가 주머니에서 손수건을 꺼내 그녀의 입과 손바닥을 쓰윽 문지르며 들어가기를 재차 권했다. 여인이 얼마 동안이나 풀들을 물끄러미 바라보더니, 아기처럼 작은 목소리로 젊은이에게 부탁했다.

'저 꽃 좀 따······.'

남자는 애달픈 마음을 애써 감추며 보라색 꽃들에 둘러싸인 노란 꽃 한 송이를 땄다. 그것을 받아 든 여인은 죽음을 맞기 위한 의식이라도 치르는 듯, 그 꽃을 멍하니 바라보았다. 그러고는 이내 손끝으로 꽃을 핑그르르 돌렸다. 작고 가벼운 민들레꽃이 팽이처럼 빙그르르 공중으로 날았다. 환상 속의 그 남자와 노파는 동시에 그 꽃 쪽으로 마음과 시선이 따라 움직이는 것을 어쩌지 못했다.

아오야마 병원 울타리를 둘러싼 플라타너스의 가지 끝에 파릇파릇 새싹이 돋아나고 잎사귀들이 풍성해올 때, 그녀의 몸은 죽음을 맞이했다. 썰렁하기 짝이 없는 병실에서 초라하게 죽었다. 그렇게 자유연애를 갈망하고, 여성 문인으로서의 자존감에 목말라하던 그녀의 영혼도 민들레 씨앗처럼 바람을 타고 훨훨 날아갔다. 그녀의 머리맡에는 책 몇 권과 묵주만이 덩그러니 놓여 있었다.

혼란과 격동의 시대에 태어나 일제의 탄압과 억압의 사회 속에서 젊은 시절을 보내고 죽음까지도 분명하게 기록되지 못한 김명순, 아명 탄실, 필명 망양초. 그녀는 그렇게 죽음을 맞이했다.

참고자료

송명희 편, 『김명순 작품집』, 지식을 만드는 지식, 2008.
맹문재 편, 『김명순 전집』, 현대문학, 2009.
서정자 · 남은혜 편, 『김명순 문학전집』, 푸른사상사, 2010.
그 외 네이버 지식백과 등.

M

이른 아침은 온통 까만 공간들이다. 검은 무리의 그것이 형체도 없이 방 안을 휘감아 돈다. 눈을 뜨기 겁이 났다. 모로 누워 탈피하는 곤충처럼 구물거린다. 여러 번 뒤척임 끝에 몸을 반쯤 일으켰다. 몇 달째 계속되고 있는 몸에 붙은 답답한 것이 연기처럼 날아가버리면 좋겠다. 스마트폰 불빛이 실낱같이 일직선으로 뻗었다. 알람이 울릴 것이다. 여섯 시 삼십 분, 생명을 먹는 시간이다. 헝클어진 머리를 다듬기보다 육체의 사용 기한을 연장하는 알약을 먼저 삼킨다. 동시에 그녀가 해야 할 일은 건강 회복을 위해 짜여진 방향대로 실천하는 일이다.

아랫배의 묵직한 것을 비운 그녀가 손을 소독한다. 냉장고를 열어 채소를 꺼내는 동작이 예사롭지 않다. 부추와 무, 파프리카와 양파와 연근, 마지막으로 양배추를 적당히 자른다. 생수가 든 냄비를 가스불 위에 올리고 도마에 이것들을 올려놓는다. 물이 끓으면 냉장고에서 꺼낸 마지막 순서부터 물이 끓기 시작하는 냄비의 가장자리에 차례로 넣고 삼 분 동안 끓이면 된다. 삼 분에 맞춰놓은 쿡 타이머가 삐삐거리면 적당히 잘 익었는지 알아봐야 한다. 다음은 조리도구를 사용하여 투명해진 채소들을 건져 올리면 된다. 다른 사람을 위해 밥상을 차리고 요리를 하는 것에 익숙한 터라 눈으로 보면 채소의 익음 정도는 잘 알 수 있다.

"그으윽 삐익 덜컥."

새로 들여놓은 모서리장이 또 말썽이다. 바닥이 고르지 않아서 그렇다고 가구 주인이 말했다.

"아녜요, 가구가 잘못 짜여서 그래요."

"아니라니까요. 다른 집들은 다 괜찮아요."

"어머나, 그럴 리가요. 우리 집만 바닥이 고르지 않다고요?"

모서리장 탓이라고 우겨댔지만 하자 있는 집 탓이라는 그들의 힘을 이길 수가 없었다. 이태 전 신발장 맞출 때도 똑같은 말을 들었기 때문이다. '집이나 사람이나 오래되고 늙으면 하자가 생기기 마련인가.' 식탁 위에 놓여 있는 노란 위장약 통과 빨간 심장약 통을 모서리장에 꽂아 넣으며 그녀가 중얼거렸다.

그녀는, 키가 커서 모서리장 외에는 들어갈 수 없는 믹서기를 꺼내들고 식탁 위로 향했다. 데친 채소들과 바나나와 아로니아를 한 줌 정도 첨가하여 믹서기를 이 분 정도 돌렸다. 물과 적당히 섞인 내

용물들의 농도가 마시기 좋게 보인다. 유리컵에 따라보니 짙은 포도
주색이거나 까만 점들이 떠다니는 키위색일 거라는 추측에서 약간
빗나갔다. 연한 핑크색에 군데군데 노란 점들이 떠다니는 모습이 스
케치북 위로 물감을 뿌려놓은 것 같다. 티스푼으로 휘휘 저어 시원
하게 한 컵 들이켠다. 새콤하지도 달콤하지도 않은, 텁텁함에 가까
운 그냥 영양이 듬뿍 든 해독주스이다. 건강을 위해 기분 좋은 맛쯤
이야 희생하는 것이다.

한 뼘 옆으로 다음 건강을 채울 것이 놓여 있다. 항암효과가 좋다
고 친구가 권한 차가버섯이다.

"차가버섯은 끓인 물을 육십 도로 식혀서 타 마셔야 효과가 있
어."

친구는 차가버섯차 만들어 마시는 법을 조목조목 설명했다.

"알러지도 일으킬 수 있어, 조심해야 해."

그녀의 야윈 얼굴을 보고 걱정스러운 표정을 짓던 모습도 떠올
랐다. 그렇지만 육십 도가 얼마인지도 알 수 없고 또 온도를 체크하
고 마시기가 성가셨다. 일단 물을 끓이고 적당히 식혀서 전용 티스
푼에 절반 정도 타보기로 했다. 삐이 삐이이 커피포트의 물이 순식
간에 끓기 시작한다. 뚜껑을 열고 잠깐 식혀놓는다. 어느 정도 식혀
야 육십 도가 되는지 가늠해보다가 요리를 하면서 숙달된 그녀의 가
장 발달한 감각을 믿어보기로 한다. 예민한 촉각을 사용해보는 것이
다. 식고 있는 물을 허드레 그릇에 약간 붓고 손가락을 담가본다. 아

직 뜨겁다. 더 식혀야겠다. 경험상으론 오 분만 더 기다리면 될 것 같다. 초침이 지나가는 소리가 척 척 척 집 안의 고요함을 깨트린다. 눈을 감는다.

깊은 밤이었다. 그녀가 눈을 떴을 때는 하얀 천장에 검은 점들이 무수히 많았고, 희미하게 들려오는 '혈압이 떨어지고 있어요. 백팔십, 백육십, 백사십…….. 호흡도 안정되고 있어요.' 하는 응급실의 의사 목소리만 귓전으로 들려왔다. 잠자리에 들기 직전 호흡이 가빠져옴을 느꼈다. 빠르게 택시를 잡아타고 응급실로 오지 않았다면 방바닥에 혼자 쓰러져 영영 돌아오지 못할 길로 사라졌을 것이었다. 혀 밑에 아주 작은 알약을 넣었던 의사가 말했다. 여기가 어딘지 알 수 있고 혼자서 충분히 화장실을 갈 수 있었지만, 그날 밤은 병원의 절차에 따라 중환자실로 옮겨졌다. 다음 날 이것저것 정밀검사한 결과 협심증 진단이 났다. 약을 받아들고 다시 만난 의사는 단지 협심증만의 문제가 아닌 것 같다며 고개를 갸우뚱거리며 일단 집에 가라고 했다. 다른 어떤 문제? 그녀도 정리되지 않는 병을 마음에 안고 돌아왔다.

허드레 그릇에 담긴 물에 손가락을 또 담가본다. 적당하다. 육십 도가 아니어도 좋다. 마시기 편하면 되는 것이다. 완두콩만 한 스푼에 차가버섯을 절반 퍼서 따라놓은 물에 넣고 저어본다. 보리차 색깔 정도면 된다고 했다. 연한 커피색 같은 버섯물이 마시기 딱 좋을 것 같다. 그녀는 의자에 허리를 밀착하고 등을 꼿꼿이 세우고 중요한 의식이라도 치르는 듯 진지하게 한 모금 마신다. 처음 느끼는 맛이다. 보이차도 녹차도 감잎차도 아닌 맛이다. 흡사 나무껍질을 갈아 마시는 것 같다. 우선 백 밀리리터부터 마셔보는 것이다. 처음부터 많이 마셨다가 두드러기라도 나면 큰일이다. 나머지 차가버섯물을 들이켠다. 글루텐으로 채웠을 때보다 위 속이 편안하다. 기분은 좋지 않아도 건강을 위해 그냥 마시는 것이다. 예전의 그녀로 돌아갈 수 있을지도 모른다.

음식으로 어느 정도의 건강을 체크했으니 오전 일과 중에 남은 건 유산소 운동이다. 아파트 주변을 사십 분쯤 돌거나 혁신도시 언저리에 있는 호수에 갔다 오는 것, 혹은 강변을 거니는 것이다. 언제나 선택을 해야 할 땐 고민에 휩싸였다. 파란 운동화 끈을 조이면도 그녀의 걷기 방향은 매듭 지어지지 않는다. 엘리베이터를 탄다. 한 층 한 층 불빛이 들어오는 내내 세 가지 유산소 운동 중에 한 가지를 결정하기 어렵다. 아파트 주변을 돌면 호흡은 고르지만 운동량이 적음이 분명하다. 강변에 갔다 오면 운동량은 많지만 호흡이 거칠어지고 피곤도 함께 찾아올 것이다. 엘리베이터가 일 층에 멈췄다. 1.5킬로미터 거리의 가장 적절한 호수 주변을 돌기로 결정하고 경비실 쪽으로 향했다.

"안녕하세요?"

아파트를 청소하는 청결여사다.

"안녕하세요. 수고가 많으십니다."

그녀도 공손하게 인사했다. 하지만 미소를 지으며 깍듯하게 인사하는 청결여사와는 드러내고 싶지 않은 인연이 있었다. 그저께는 '밑반찬 요리책을 출간하셨다면서요.' 하면서 청결여사가 웃으며 말했다. '어머나, 어떻게 아셨어요?' 놀란 그녀가 손을 얼굴에 갖다 대며 약간 간드러지게, '아무튼 저에 대해 아신다니 반갑군요.' 하면서 집으로 불러서 요리책을 한 권 선물했다. 뛸 듯이 기뻐하던 청결여사는 의외의 말을 했다. 'M을 만나는 건 어때요.' '네에?' 청결여사가 던진 한마디에 그녀는 깜짝 놀라고 말았다. '그간의 얘기 들었어요.' 그녀의 사생활에 대해 아는 것 같아 조금 언짢았다. 하지만 청결여사는 그녀의 낯빛에는 아랑곳 않고 말을 이었다. '나도 막냇동생이 갑자기 죽고 나서 우울증에 걸려 힘들었어요. 그러다 지인의 권유로 M을 만나러 갔어요. 그런데 다른 세상에 온 것 같았어요. 없던 밥맛도 돌아오고 잠도 잘 잘 수 있었지요. 그래서 이렇게 일도 할 수 있게 되었답니다.' 청결여사는 그녀가 문을 닫고 냉정하게 돌아설까 봐 현관문 고리를 꽉 잡고 자신의 속얘기를 줄줄 늘어놓았다. 이웃에 누가 사는지도 모르는 요즘, 이런 사람이 있다니 한편으로는 반갑기도 했다. 따뜻한 애정도 느껴졌다. '우울해 보였어요.' 계속 말을 하려는 것을 그녀는 현관문을 닫으며 청결여사를 밀어내었다. 이날 이후로 그 소리는 그녀의 귀속으로 메아리쳤다. 아무도 없는 공허한 공간, 집 안에서도, 집을 나와 아파트 주변을 돌 때에도 그 소리는 그녀의 귓속에서 매미 울음처럼 왱왱거리며 따라다녔다.

'M을 다시 만나보는 게 어때요. 영혼을 치유해요요요요.' 상냥하고 깍듯하게 인사하는 청결여사를 보니 오늘도 내내 이 소리가 귓전을 맴돌 것 같았다.

천천히 걸으면 운동 효과가 떨어진다는 친구의 조언이 떠올랐다. 하지만 기운이 달린 그녀는 몸이 머리를 따라주지 못한다는 것을 절실히 느끼며 걸음을 조금씩 뗀다. 아파트 입구의 조그만 대나무 군집을 돌아 공사 중인 복잡한 길을 걸었다. 빨간 지붕의 이층집과 자연친화적인 목조건물이 있었던 자리엔 새로운 길이 뚫리고 공사장이 무법자처럼 길목을 차지하고 있다. 게다가 옆에 딸린 작은 운동장은 자갈들이 점령했다. 요리책을 묶을 때 잠깐이나마 거닐며 위로가 되었던 그것들은 흘러간 세월 속에나 존재했다. 제구실을 하지 못하는 정자만이 덩그러니 서 있을 뿐이다. 정자 옆으로 공사장 인부들의 차들만 먼지와 같이 나란히 줄지어 있다. 주변은 온통 건강과는 거리가 멀어진 것이다. 안타깝다. 사라진 그녀의 젊음 같고, 이것도 건강에 영향을 미쳤을 것이라는 생각이 든다. 복잡해지는 머릿속을 절제하려 발걸음을 빨리 옮겼다.

붉은 드럼통에 굵은 줄을 연결하여 가드레일을 친 임시 인도를 따라 걸어갔다. 그새 도로 위로 지나가는 차들이 위험하게 느껴졌다. 직접 다가와서 위협을 가하진 않지만 가뜩이나 예민해진 그녀에게는 꽤나 자극적이다. 이건 이로움보다 해로움에 더 가까운 것이다. 건강을 회복하려 운동을 가는 이 마당에 오히려 몸을 해치는 꼴인 것이다. 이왕 나왔으니 해결책은 얼른 이 길을 빠져나가는 것밖에 없다.

쭉쭉 뻗은 북부순환도로 아래로 걸어갔다. 짧지만 아직 사람들이 드물게 다니는 다리 밑 길이라 조금 무서웠다. 그녀의 걸음이 빨라졌다. 곧 엘리베이터가 나올 테다. 하지만 온몸으로 스치는 무서움에 거의 뛰는 수준으로 엘리베이터 앞까지 도달했다. 빛의 공간으로 나가는 엘리베이터 문이 열렸다. 허름한 등산복 차림의 중년 남자가 엘리베이터에서 내렸다. 해코지라도 당할까 봐 약간의 긴장감이 흘렀다. 그녀의 발길은 재빠르게 계단으로 향했다. 숨이 찼다. 어둡고 외진 이 계단을, 아니 엘리베이터 속의 남자를 피해 달아나는 것이었다. 마음 졸이며 걷기를 해야 할 바엔 차라리 집에 가만히 있는 게 더 나았을지도 모르겠다. 하지만 쌩쌩 달려가는 차들이 보이기 시작하자 내심 반갑다. 좀 전의 공사장을 지날 때는 해를 끼치는 존재였던 차들이 이젠 그녀를 보호하는 존재들로 보인다. 햇살이 먼지를 머금고 따스하게 눈꺼풀 위로 내려앉자 조바심은 이내 사라진다. 오히려 슬며시 미소를 머금고 아무 일도 없었던 듯 태연하게 그리고 빠르게 저수지를 향해 걸어갈 만했다.

귀족처럼 우아하게 서 있는 아파트 단지 뒤를 돌아가면 오백 미터는 족히 더 될 터였다. 진정 운동이 목적이라면 일부러라도 돌아가야겠지. 갈등의 연속이다. 아파트를 가로질러 산 능선을 타고 가면 일 킬로미터나 되는 거리를 줄일 수 있었다. 그런데 허름한 등산복 차림의 남자가 또 외나무다리에서 나타나 그녀를 떨게 할지도 모르는 일이었다. 두 갈래 길 입구에서 망설인다. 이 길로 갈까? 저 길로 갈까? 삼십 년 전에도 경험했던 두 갈래 길. 전업주부로 이름 없이 사느냐, 어릴 때부터 꿈꿔왔던 요리작가의 길을 가느냐. 앞날에 대한 어떠한 의문과 두려움 없이 무작정 무식하리만큼 걸어왔다. 결과적으로 꿈은 잠시 접어둔 꼴이 되었다. 어떤 이었던들 삼십 년 후의 일을 알 수 있을까. 이젠 한 치 앞을 볼 수 없는 울퉁불퉁한 모험심을 가지고 그대로 저벅저벅 걸어갈 수는 없다. 먼 길일지라도, 지루하고 따분해도, 안전한 길로 걸어가야 한다. 가장 중요한 것은 건강하게 롱런하는 것이다.

상쾌하면서 차가운 바람이 방한 마스크를 뚫고 싸아하게 불어왔다. 저수지 둘레길을 끝까지 돌고 나면 1.5킬로미터라고 가로등 기둥에 푯말이 붙었다. 저수지가 오목하게 한눈에 들어왔다. 여러 가지 생각들이 정리된 듯 마음도 편안해진다. 지금부터 본격적인 운동이다. 두 팔을 힘차게 흔들며 씩씩하게 뒤꿈치를 살짝 들고 사뿐사뿐 걸어갔다. 몇 미터 간격으로 사람들이 지나가는 복잡한 강변의 둘레길과 확연히 다른 모습이다. 오목하게 들어오는 저수지 가장자리로 사람의 모습은 오각형을 그릴 정도로 숫자가 적었다. 그래서 더욱 공기도 맑게 느껴진다. 팔에 힘을 잔뜩 주고 유쾌하게 걸어간다. 몸은 가벼워질 것이다. 정신도 가뿐해지리라. 발밑의 낙엽들도, 물속의 물고기 떼도 그녀가 지나가는 그림자에 모여들고, 공사장의 먼지도, 삭막하고 삐뚤어진 임시인도도, 외진 길, 사람의 그림자도 모두 맑고 상쾌한 저수지가 시원하게 씻어주기 때문이다.

몸을 위해 걷는 길이든 정신건강을 위한 길이든, 험하고 지저분한 것들을 거치고 난 후에야 안전하고 상큼하고 편안함이 따른다는 것을 절실히 깨닫게 해주는 작은 호수이다. 동화 속처럼 물에 하늘이 비치는 그런 청아한 호수는 아니지만 복잡하고 시끄러운 도심에 이만한 호수가 있으니 얼마나 좋은가. 호수를 적절한 보폭으로 돌면서 머릿속과 몸속에 있는 욕심과 욕망의 찌꺼기를 버리는 것이다. 힘겨운 운동은 아니지만 그녀에게 붙은 것들을 날려버리는 것이다. 걸음 수가 많아질수록 그녀는 가벼워짐을 느꼈다.

집으로 돌아가는 걸음은 공기처럼 가볍다. 덕지덕지 묻어 있던 어떤 것들이 날아가버리고 고갈된 체력과 반비례된 것 같았다.

'구르룩, 그르륵.'

정오의 신호인 듯 배 속이 요란하다. 웃음이 나오는 점심시간이다. 여지없이 배고픔의 신호가 오는 것에 그녀는 웃음이 나왔다. 배고픔과 성욕은 본능인 것이다. 폐업해버린 성욕에 비해 아직도 여전히 생생한 식욕은 그나마 그녀가 살아 있다는 증거인 것이다. 매끼마다 무엇을 어떻게 먹는지가 중요하다. 칼슘과 비타민과 탄수화물 그리고 단백질은 필수로 먹어야겠고. 칼슘은 하루 세 끼 기능식품으로 꼭 먹고 있으니 신경 쓰지 않아도 될 것이다. 탄수화물은 밥이 주식이니 더욱 안심해도 될 일이다. 오히려 과할까 염려되는 영양소이다. 신경써서 먹어야 하는 것은 단백질이다. 단백질은 몸에 저장되지 않는 영양소라 매일매일 공기처럼 꼭 섭취해야 한다고 들었다. 그것도 몸무게의 0.1퍼센트를 매일 먹어줘야 영양소의 균형이 맞다는 것이다.

그녀는 영양 면에서 완전식품인 달걀을 두 개 꺼내 나무젓가락으로 순식간에 휘리릭 저었다. 양파도 잘게 다졌다. 큰 대접에 이것들을 넣고 죽염과 물을 적당히 부어 전자레인지에 넣어 오 분에 시간을 맞췄다. 위잉 전자레인지 돌아가는 소리가 요란하다. 이제 냉장고에 있는 김치를 중심으로 채소 반찬들을 꺼낸다. 잡곡밥도 반 공기 퍼서 식탁에 올린다. 삐삐삐삐 그사이 전자레인지의 달걀찜이 다 되었다고 시끄럽다. 전자레인지 문을 열고 숟가락으로 달걀찜을 살펴본다. 달걀물이 응고가 덜 되었다. 다시 전자레인지 시간을 이 분 더 돌린다. 그동안 데워놓은 시래기 국도 반 그릇 푼다.

반조리된 김까지 올려놓으니 식탁이 그득하다. 응급실을 다녀오고부터 간단하고 초라했던 점심 식탁이 이렇게 탄탄해졌다. 생명의 위험신호에 대한 안전 대책이다. 그리고 몸무게도 적절히 유지해야 하므로 피나는 노력을 해야 하는 것이다. 아침은 삼, 점심은 이, 저녁은 일의 비율로 먹는 게 좋다고 했다. 지켜야 한다. 지켜야 한다. 건강하게 살기 위해서는. 그녀는 반복하여 되새겼다.

오후엔 몸 스트레칭을 위한 요가가 기다리고 있었다. 건강 회복의 최후 수단으로 한 달 전에 등록해놓은 것이다. 겨우 세 번 출석하여 몸동작이 유치원생보다 못하지만 곧바로 학원으로 뛰어갈 수 없다. 점심을 방금 먹었으니 한 시간 이상 위를 편안하게 해주어야 한다. 그렇지 않으면 위가 경련을 일으켜 배멀미하듯 매슥거리고 요가 시간에 곤란해질 것이다.

텔레비전을 켠다. ○○○퀸이라는 프로그램이 화면을 가득 채운다. 젊은 여자의 높은 고음이 귀를 찢을 것 같다. 돌고래 소리를 낸다고 당당히 상대를 누르고 다음 라운드로 진출한다. 아직 삼십 대다. 여자의 지원 동기가 소개되는데 사연이 절절하다. 혼자서 아이를 키운다고 한다. 싱글 맘이란다. 그녀가 가장 존경하는 사람, 싱글 맘이다. 같은 처지의 동질감에 더욱 동정이 가고 안쓰럽기까지 하다. 지금에야 겨우 숨을 쉬지만 어디 삼 년 전까지야 숨 쉴 여유가 있었던가. 쳇바퀴를 도는 다람쥐 같은 매일매일을 지겨워하던 또래의 여자들을 부러워했다. 생활전선에서 허덕이지 않는 것을. 어리석게도 아이들을 잘 키우면 보상받으려니 했다. 가끔 안부전화가 전부이긴 하지만 서울 생활이 그리 만만치 않으니 이해한다. 아니 이해하려 한다. 호랑이 피하니 삶 만났다더라는 옛말을 새삼 되새겼다. 여지없이 찾아온 생사의 신호에 잠깐 멈춤을 하기 바빴기에, 오히려 고단했던 몸과 정신이 해방된 것에 만족했다.

뻐꾹. 뻐꾸기시계가 텔레비전에 꽂혀 있는 그녀를 깨운다. 요가하러 갈 시간이다. 굳은 몸을 풀어주고 혼자 살면서 자연스럽게 스며든 우울한 마음을 밝게 해주는 데 효과적이라는 청결여사의 조언으로 시작한 일이다.

"다음 주는 삼조 청소입니다."

회장인 것 같았다. 꽤 오랫동안 요가 수업을 받은 듯 말하는 여자의 말 속에 무뎌진 송곳 같은 뾰족함이 묻어났다. 젊은 이십 대였다면 아주 날카로운 송곳일 게 분명했다. 사회 경험으로 쌓인 연륜은 그 날카로움을 살짝 숨기고 있는 듯했다. 이곳의 분위기를 잘 알지 못한 그녀는 삼십 분 더 일찍 와서 청소해야 한다는 것을 흘려들었다. 요가 교실에 헐레벌떡 도착했을 때 이미 도착 시간인 삼십 분에서 십오 분이나 더 지나 있었고 바닥 청소도 끝나 걸레를 털고 있었다. 다른 엄마학생이 밀대로 문 입구를 쓸고 있는 것이다. 어떻게 해야 할지 모른 채 문 앞에서 서성거리자 또 송곳 같은 회장이 한마디 쏜다.

"가서 걸레나 빠세요!"

"네에."

대답은 했지만 어디 가서 걸레를 빠는지 몰라 어리둥절하고 있으니 회장이 한심하다는 듯 내뱉었다.

"화장실 세면대에 가면 걸레 있어요! 깨끗이 빨아서 화장실 입구에 있는 건조대에 널어두면 돼요."

'아, 이게 아닌데. 이러려고 요가하러 온 게 아닌데.'

가는 곳마다 갈등이다. 속상한 마음을 억눌러본다. 여러 사람이 한 공간에서 무언가를 배우고 어떤 일을 한다는 것 자체가 갈등의 연속이라 생각해보지만 이건 상식 밖이라 여겨졌다. 고상한 모습으로 고상하게 요가만 하다 가리라. 등록할 때 가졌던 그 목적만 생각했던 게 착오였을까? 어안이 벙벙하지만 참을 수밖에 없어 침을 삼키는 그녀의 목울대가 남자의 그것처럼 불룩하다.

매트를 사십 개쯤 가로 세로 줄을 맞춰 펼쳐놓는 것까지 오늘 청소 담당이 할 일이었다. 낯선 환경에 적응을 잘하는 그녀였다. 그리고 여러 사람들 앞에서 요리책 강의를 한 경험도 있지만 여긴 그와 정반대되는 다른 환경이다.

스트레스는 아직 시작도 하지 않았다는 것을 그녀는 그때는 몰랐다. 매끈한 홍두깨같이 팔과 다리가 요가로 단련된 강사의 동작을 따라하면서 그녀는 격렬한 내적 갈등에 시달렸다. 알아듣지도 못하는 전문 용어를 사용하면서 반듯하게 니은 자 모양으로 앉기도 버거운데 팔을 앞으로 쭉 뻗어 허리를 숙이고 가슴을 무릎에 붙여보라는 것이다. 다리가 당겨와 끙끙 앓는 소리까지 났다.

다음 동작에서는 '에이씨' 하고 마음속에서 욕까지 튀어나왔다. 왼쪽 다리를 들어 목뒤로 넘겨보라는 것이다. '어머나. 이건 사람이 할 수 있는 동작이 아니야.' 앉은 자세에서 아무리 다리를 들어 목뒤로 넘겨보려 해도 목은커녕 얼굴까지도 닿지 않았다. 게다가 얼굴에서 땀은 왜 그렇게 흐르는지, 뭘 했다고 그녀는 실없이 웃었다. 그런데 옆자리의 여자도 웃는 게 보였다. 여자는 처음 만났을 때부터 미소를 지었다. 가볍게 목례 정도면 될 수강생에 불과한데 왜 웃는지,

좀 과하다는 생각을 했다. 그녀의 요가 자세를 보고 웃는지 자신의 어설픈 요가 자세가 멋쩍어서 웃는지 모르겠다. 그녀의 요가 자세와 얼추 비슷해 보였지만 옆자리의 여자는 그래도 얼굴까지는 닿았다. 저 정도 자세면 멋쩍어할 일은 아닌 것 같은데…….

그 옆자리의 여자는 정말 강사처럼 다리를 목뒤로 넘기고 있었다. 텔레비전에서나 보던 동작들을 바로 눈앞에서 하고 있는 것이다. 그녀가 도저히 따라 할 수 없을 것 같은 동작을 말이다. 굳은 몸을 깨우고 마음을 정화하려던 애초의 목적은 멀어져가고 있는 것 같았다. 갈등과 스트레스만 더 붙은 것이다. 비교하지 말아야 할 것이 있다는 것을 그녀는 미처 생각지 못했다. 그저 지금 그녀가 건너편 저 여자처럼 할 수 없다는 것에 짜증이 확 올라왔다. 위 속도 불편했다. 물이라도 한 모금 마시면 편할 것 같은데 요가에 집중한 분위기에서 시선을 압도적으로 받으며 교실을 나갈 용기가 나지 않았다. 가뜩이나 자리도 앞에서 두 번째 줄이라 서서 걸어 나가면 뒤쪽의 모든 사람이 요가 자세로 그녀를 흘깃거릴 게 뻔했다. 다리 사이로 혹은 팔꿈치 사이로, 힘든 요가로 일그러졌는지 아니면 산만하게 만든 그녀로 인해 일그러졌는지 모를 얼굴들을 보면서 물을 마시러 나갈 수 없다. 그냥 참고 요가 자세를 흉내 내면서 마칠 시간을 기다려보는 수밖에 없었다. 시간이 얼마나 남았는지, 한 시간이 이렇게 길게 느껴진 적이 있었던가. 최근 들어 느껴보지를 못한 일이었다. 땀이 계속 흘러 매트 위로 빗방울처럼 뚝뚝 떨어졌다. 손수건도 가져오지 않았는데. 스웨터 소매 끝을 늘어뜨려 물기를 대충 닦으며 다음 동작을 허겁지겁 따라 했다.

"허리를 오른쪽으로 비틀고 두 팔을 바닥에 짚고……. 다음은 왼쪽."

허리를 틀었다. 그런데 두 손이 바닥에 닿지 않고 위 속은 매슥거리고 불편하기 짝이 없다. 끙끙, 트림이 나오려 하고 방귀까지 말썽이었다. 항문에 힘을 주고 스르르 가스를 뿜는다. 조금 살 것 같다. 덕분에 위 속도 조금 편안해진 것 같았다.

"호흡을 들이쉬고 목을 크게 돌리고, 숨을 내쉬면서 목을 숙이고."

체격과 어울리지 않게 강사의 목소리는 우렁찼다.

"엎드리고 손을 어깨너비만큼 벌리고 팔을 쭉 뻗어 엉덩이를 드세요."

시간은 얼마나 지났을까? 시계가 교실 뒤쪽 벽에 붙어 있어 일부러 몸을 틀어 보아야 알 수 있었다. 힘들고 지루하다. 옆의 여자와 그 옆의 여자, 또 그녀 뒤쪽의 여자들은 유연하게 땀 같은 것도 흘리지 않고 너무나 잘 따라 한다. 어려운 동작을 따라 해야 겨우 운동을 한 것 같다고 했다. 그녀에겐 너무나 높은 벽인데 자존심이 상한다. 자존심과 열등감을 내려놓았다고 생각했는데. 새로운 세상에 새롭게 들여놓은 일들에 꼴찌 인생 같다.

강사의 억센 소리에 놀라 마지막 동작일 것이라 생각하고 따라

해본다. 오 마이 갓, 아직 끝이 아니다. 천장을 보고 누워 다리를 들어 올리고 발끝을 머리 뒤쪽으로 올리는 동작이다. 그녀는 아예 동작을 멈추고 다른 엄마학생들이 하는 것을 '어머나 세상에' 놀람과 감탄을 연발하며 구경한다. 같이 배우는 학생이 아니라 서커스라도 보러 온 구경꾼이 되어버린다.

"다리를 천천히 내리고 바로 앉아보세요."

길고도 긴 한 시간이 드디어 끝나는 것이다. 두 팔을 구부리고 겨드랑이를 탁탁탁 열 번을 치고 다음 손뼉을 힘껏 열 번 치고 마침내 요가 시간이 끝났다.

그녀는 힘이 다 빠지고 땀이 범벅인 채로 매트에 붙어 있다. 엉덩이에 풀을 붙인 것처럼 떨어지지 않는다. 학생들이 우르르 자기가 사용한 매트를 들고 매트 보관실로 들어간다. 맨 마지막에 줄을 선 그녀는 수업시간에 하늘을 보고 누워 두 다리를 귀 쪽으로 넘긴 여자를 물끄러미 쳐다본다. 자세히 보니 바로 회장이다. 날을 세워 청소를 지적하던 성질답다는 생각이 든다. 날카로운 성질처럼 요가 자세도 강사를 따라서 야무지게 다 해내는 것이다. 한편으로는 요가 잘하는 우수한 학생이라 우월감에 사로잡혀 그녀 같은 초보 학생한테 우쭐해하는 것 같기도 하다. 전적으로 그녀의 생각일지도 모르지만. 아무려면 어떨까. 굳은 몸을 조금이나마 풀었다는 게 중요할 뿐이다.

몸으로 마음으로 미세먼지처럼 스며든 것을 털어버리고 편안히 잠들기 위한 그녀의 마지막 작전, 명상을 해야 했다. 그녀는 적막감이 돌고 있는 방 안의 정중앙에 도 닦는 수련자처럼 가부좌를 틀었다. 잘 먹고, 잘 싸고, 잘 놀고, 잘 자고. 어린아이처럼 규칙적으로 생활해야 건강을 유지할 수 있다고 했다. 중요한 또 하나 정신 건강을 지키기 위해 인간은 생각하는 갈대가 아니라 어린아이처럼 단순하게, 천진난만하게 생각하고 행하라고 어느 책에선가 보았다. 그러려면 여태까지 쌓여 있는 것들을 비워내기부터 해야 하는 것이다.

그녀는 마트료시카에서 인형을 꺼내듯 하나씩 하나씩 마음속의 것들을 꺼내기 시작했다. 사람들과의 부딪힘에서 오는 것들은 언제나 그녀를 힘들게 했다. 직장 생활하며 병을 얻었던 스트레스, 나빠진 환경을 탓하며 혼자 아들과 딸을 키워야 했던 십오 년의 세월. 이른 새벽부터 저녁 늦게까지 병원 식당에서 신세 한탄을 하고 남몰래 울기도 했던 일. 울 정도의 정신이 살아 있으니 아직 살 만한 것이라고 말하던 사람도 스쳐 갔다. 참고 살면서, 아니 억지로 살아야 했기에 따라온 것들은 결국 병이 된 것이다. 폭식과 음식을 절제하지 못해 생긴 위장병하며, 오랜 세월 긴장으로 고달프게 보내면서 얻은 심장병까지. 병원을 들락거리고 약과 더불어 살다 보니 모든 것이 뒤죽박죽이 되면서 그녀의 하루 일과는 예전에 가져보지 못한 것들로 채워졌다. 그녀의 얼굴이 일그러졌다.

가볍게 시작한 명상은 점점 깊은 동굴 속으로 들어가는 것 같았다. 눈을 감고 있는 그녀는 가부좌를 튼 채 습한 동굴 속에서 몸이 둥둥 떠다녔다. 생사를 오가는 상황에서 먹어야 할 노란 위장약과 빨간 심장약 때문일까. 세상사 일에 적응하지 못하고, 사람들과 원만하지 못하기 때문일까. 인정받지 못하는 목마름에 대한 욕심 때문일까. 그녀의 눈가가 촉촉해왔다. 그러나 이내 그녀의 얼굴에 미소가 머금어졌다. 식당에서 일했던 경험을 바탕으로, 아이를 낳는 산고를 치르듯 요리책을 출간했을 땐 세상을 다 얻은 것 같았다. 그간의 고생이 새털처럼 훨훨 날아가고 천운이라 여기며 눈앞에 서광이 빛을 발했다. 앞으로 고속도로 같은 삶이 뻗어 있을 것 같았고, 경제적인 문제도 해결될 것이라 믿었다. 그러나 행복감을 느낄 수 없는 어떤 것은 무엇일까. 출간된 요리책이 팔리지 않아서일까. 남편 없이 혼자 사는 것 때문일까. 아들도 딸도 그녀 곁에 없는 외로움 때문일까. 아니면 새벽마다 헛것의 위협에서 이겨내지 못하는 공허함 때문일까. 그녀의 얼굴은 미소와 일그러짐으로 반복되고 있었다.

즐거운 곳에서는 날 오라 하여도……. 스마트폰이 울렸다. 명상에 젖어 있던 그녀가 요란하게 울어대는 폰을 바라보았다. 눈물을 닦으며 손을 뻗어보지만 손이 닿지 않아 누구인가는 알 수 없었다. 즐거운 곳에서는 날 오라 하여도……. 재차 폰이 울어대자 고양이처럼 기어서 스마트폰을 열었다. 청결여사였다. 집에서만 있지 말고 M을 만나러 가자고 자신의 속에 든 얘기까지 스스럼없이 털어놓으

며 설득하던. 받을까 말까 그녀의 머릿속이 복잡해졌다. 청결여사가
말했다. 자신이 겪은 일들이 기적이었다고, 다 죽어가는 자신을 살
렸다고. 그녀에게 그것을 꼭 경험하게 해주고 싶다고 했다.

"여보세요?"

"아, 네 청소……."

"알아요."

"어찌, 명상은 잘 하고 계시나요?"

"네에."

"그럼 내일 저랑 같이……."

청결여사는 다음 말을 선뜻 꺼내지 못했다. 무슨 말을 하려는지
알 것 같았다. 같이 M을 만나러 가자는 것이다. 집에서만 명상하지
말고 의사가 말한 어떤 문제를 해결하기 위해서는, 어떤 것에 의지
하고 적극적으로 부딪혀야 된다고, 그래야 머리부터 발끝까지 깨끗
해지고 새 생명을 얻을 수 있다고 말하려는 것이다. 바쁘다고 핑계
를 댄 그녀는 아침에 연락하겠다고 단호하게 말하고 폰을 끊었다.

잠깐 정지되었던 생각을 이어가기 위해 다시 두 손을 모으고 눈
을 감았다. 검지손가락 한 마디 정도 크기의 마트료시카 마지막 인
형을 꺼내듯 억누르고 있는 그녀의 것을 꺼냈다. 때론 모든 것이 음
식 조절과 약과 운동으로도 치유되지 않을 때가 있다. 육체적인 병
은 거의 치료가 되지만 정신이 병든 것은 어찌 치료를 할 것인가. 마
음이 병들고 가슴에 보이지 않는 것이 차올라 불안감과 몸서리치도

록 놀라 불면을 겪고 있다면 어찌할 것인가. 깜깜한 동굴 속에 박쥐 같은 것이 날아다니고 천장 위로 검은 연기들이 흐늘흐늘 떠다니는 것을 어찌할 것인가. 급기야 중환자실 신세도 졌고, 한약과 침술로 삼 개월이나 치료했으나 더 이상 외부적인 치료는 효과가 없다며 한의사도 이제는 그녀에게 맡겼다. 나머지 건강은 그녀 자신이 책임질 일이었다.

깊은 밤인지 이른 새벽인지 모르겠다. 명상하던 그 자세로 까무룩 잠이 든 것 같았다. 그녀는 배에 통증을 느끼고 화들짝 깼다. 갑자기 저승사자가 방문 밖에서 기다리는 것같이 온몸이 쪼여왔다. 몸을 웅크리고 모로 누워 꼼짝할 수가 없었다. 얼마인가 시간이 지났을 때 그녀는 일어났다. 아직은 살아 있다는 증거, 요의 때문이었다. 아직 숨 쉬고 있음을 확인하는 순간이었다.

형광등 스위치를 누르자 방 안이 밝아왔다. 방 안은 아무런 일도 일어나지 않았고 아무것도 없었다. 발밑에 의자만 걸리적거릴 뿐이었다. 명상 의자를 한쪽으로 치우고 쪼그려 누워 억지로 자려고 시도해보지만 잠이 들지 않았다. 자꾸 동굴 속의 박쥐들만 눈꺼풀 위로 가물거렸다. 그녀는 촛불을 켰다. 늘 머리맡에 그것이 있었지만 의식적으로 찾지 않으면 없는 것이나 다름없었다. 그녀는 깨끗한 수건으로 먼지가 쌓인 M을 부드럽게 닦았다. M이 뚜렷이 들어왔다. 촛불을 응시하는 그녀의 귓전으로 시계 소리만 짜깍짜깍거렸다. 촛불에 녹아내려 바닥난 초가 줄기 잘린 노송 같을 때에야 주변의 깜깜한 것들이 잿빛의 그것으로 휘휘 돌고 있었다.

'기적을 일으켜요. 영혼을 치유해요.' 청결여사의 말이 온몸으로 스며들었다. 박쥐가 날아다니고 검은 연기가 떠다니는 일들을 이겨낼 수 있는 방법은 청결여사가 권한 일을 행하는 것이었다. 팔십의 몸 건강이 회복되어도 나머지 이십의 정신 건강이 망가지면 다시 일어나기 어렵다. 그녀는 마음이 급해왔다. 커튼 뒤로 햇살이 뚫고 들어왔다. 그녀처럼 충전이 완료된 스마트폰을 눌렀다. '갈게요. M을 만나러 가요.' 그녀의 정신적 지주이자 영혼의 치유자 M, 천진난만한 어린아이처럼 마리아를 다시 만나기 위해 그녀는 서둘렀다.

(『울산문학』 2020년 여름호)

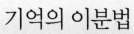
기억의 이분법

기쁨과 슬픔이 내장되어 있는 기억들을 끄집어내는 일에는 여러 가지 의미가 담겨 있다. 떠올리기 싫은 나쁜 기억이 어떤 이익을 가져다준다 할지라도 생각하기 싫지만, 미소 짓게 하는 좋은 기억이 그보다 많다면 그 기억들을 끄집어내어도 좋을 것이다. 우연히 본 어느 방송사 기념식에서 애국가를 우렁차게 노래하는 한 남자와 두 여인이 눈물을 훔치는 장면을 보지 않았다면 좋은 기억과 함께 줄기를 당기면 줄줄이 따라 올라오는 고구마처럼 생각하기 싫은 나쁜 기억들을 끄집어내지 않아도 될 일이었다.

시월 어느 일요일 오전, 그 기념식 화면에 자막으로 지나가는 장소가 K대였으므로 순간 나는 소파에서 벌떡 일어나 앉았다. 합창단원 속에서 늙직하고 수염을 기르고 노래를 부르고 있는 남자는 상우의 친구 동수였다. 마치 숨겨져 있던 감각들의 돌기가 순식간에 돋아 나오는 것 같았다. 근엄하게 서서 애국가를 부르는 그의 모습은 나를 텔레비전 속으로 빨려들게 했다. 카메라가 돌아 초대석을 비추었다. 검은 한복을 입고 눈물을 훔치는, 이제는 중년이 된 여인은 명이와 영선 언니였다. 영선 언니의 스무 살 된 딸이 엄마의 용기 있는 행동에 존경을 표하는 글을 낭독했다. 두 언니들이 손수건으로 눈물을 닦는 장면이 지나가자, 내 기억 속의 것들이 지그재그로 쌓아놓은 책처럼 와르르 쏟아지기 시작했다.

✳

낭만적이지도 평화롭지도 않았던 그 가을, 긴장감으로 똘똘 뭉친 중간고사 기간이었다. 선생님들이 그날은 평소답지 않게 우리들이 창밖으로 뛰어나가기라도 할까 봐 화단 주변을 서성거리며 전전긍긍 감시했다. 시내에 사는 친구 한 명이 전날 저녁에 있었던 일을 얘기했다.

"삼일오 의거탑 앞에서 원피스 입은 K대 여학생 언니 둘이 사복 경찰에게 머리채 잡혀서 끌려가는 것 봤어. 다리와 온몸이 피투성이가 되었더라고."

옆에서 듣고 있던 친구가 거들었다.

"K대 학생들이 데모를 해서 우리 고등학생들까지도 데모에 참여하기로 했대. 우리 학교와 가까운 M고와 M여고, J고, J여고가 줄줄이 참여하기로."

이곳은 산복도로를 따라 학교들이 줄줄이 붙어 있어서 어느 한 학교에서 불이 일면 연달아 일어날 확률이 높아 선생님들이 긴장하고 저렇게 감시를 한다고 했다.

"어제 시내는 연기가 자욱하고, 거리에는 사람들이 쓰러져 있고, 군인들이 무섭게 곤봉과 총부리를 휘둘러댔대. 전깃불도 끄고, 최루탄 냄새 속에 애국가가 들려오는데, 온몸에 소름이 쭈뼛쭈뼛! 창문도 못 열고 무서워 죽을 것 같았어."

"그중에는 고등학생도 있었대!"

시내에서 통학하는 친구들의 증언이 여기저기서 쏟아졌고, 우리들은 이 빅뉴스 거리로 중간고사의 긴장감을 떨치려는 듯 삼삼오오 모여서 떠들어댔다. 하지만 고등학생도 있었다는 친구의 말에 나는 걱정이 앞섰다. 상우였다. 집이 3·15 의거탑 근처였던 상우가 시내버스를 갈아타는 곳이 그 앞이었기 때문이었다.

*

그날은 상우가 걱정이 되어 산만하게 시험을 보았던 것으로 기억한다. 상우와 나는 우연히 독서실에서 만나 자연스럽게 친해졌다. 시골에서 올라온 나는 자취를 하고 있었다. 이 학년이 되어 처음 있는 시험이라 독서실에서 밤샘을 할 요량으로 만반의 준비를 하고 늘

가는 독서실에 갔다. 자정이 다 되어갈 무렵 출출했던 나는 매점에서 삼각 비닐 우유를 사서 빨대로 비닐에 구멍을 내려고 했다. 그런데 아무리 뚫으려 해도 구멍이 나지 않아 쩔쩔매고 있었다.

"이리 줘보세요. 내가 뚫어줄게요."

옆자리에서 공부하던 상우는 공부하는 데 신경이 쓰였는지 아니면 쩔쩔매는 내가 안쓰러웠는지 내 우유를 냉큼 빼앗아 빨대로 쿡 찔러 뚫어주었다.

"고맙습니다."

나는 당황스럽기도 부끄럽기도 했지만 깍듯이 고맙다는 인사를 건넸다. 그날은 사복을 입고 있어 잘 알지 못했는데 다음 날 고맙다는 표시로 삼각 우유를 하나 사서 건네자, 상우는 예전부터 주시하고 있었다는 듯 나에게 밖으로 나오라고 했다. 우리는 휴게실 옆 벤치에서 통성명을 했다. C고 삼 학년이라 했고 대학을 가기 위해 밤새워 공부한다고 했다. 나도 간단하게 소개를 했다. S여고 이 학년이지만 한 해 재수를 해서 나이는 그와 같다고 말했다. 그럼 우리 친구하자고 약속했다. 이후로 나는 독서실을 가는 날이 많아졌고 즐거웠다. 시험기간에만 갔었는데 시험기간이 아닌 날도 자꾸 갔다. 순전히 상우를 만나기 위해서였다.

연기 자욱한 그날 저녁에 상우는 그곳에 가지 말았어야 했다. 아니면 두어 시간 전에 지나갔거나 중간고사가 며칠만 늦었더라도 일찍 하교하지 않았을 것이고, 시위대에 휩쓸리지 않았을 것이었다. 또 그 전날 B시에서의 시위와 M시내에서의 시위 때문에 정부에서 어마 무시한 군인들이 투입되었다는 정보를 알았더라면, 그리고 K대 학생들 사이에서 시내와 학교에서 어떤 일들이 벌어지고 있다는 서로의 사인이 맞았더라면 상우의 그날을 미연에 방지할 수도 있지 않았을까? 또한 지금처럼 매스컴에서 재빠르게 사건을 자유롭게 보도할 수 있었다면, 최소한의 인권을 존중받았다면, 그랬다면 일부러 시위를 하지 않은 이상 우연히 단순하게 구경만 했다고 억울하게 그 일을 당하진 않았을 것이지 않은가.

학교에서 돌아오던 상우는 서점에 들렀고, 약속한 친구를 만났고, 참고서를 한 권 사고 막 돌아오려는 참이었다. 그가 우연히 본 것은 사람들로 붐비는 M시내의 풍경이었다. 그들은 애국가를 부르며 어디론가 행진을 하고 있었다. 손뼉을 치면서 계속 애국가를 불렀다. '독재 타도, 유신 철폐'라는 구호를 외치며 그들은 M경찰서를 향해 가고 있었다. 갈수록 시위 군중들은 계속 불어났다. 낮에 선생님이 시위를 주의하라는 약간의 언질이 눈으로 확인되는 순간, 궁금증도 함께 꿈틀거렸다. 상우와 동수는 군중 속에 에워싸였다. 날이 점점 어두워지고 있었다. 그때 그들은 호기심을 버리고 날이 어두워지기 전에, 아니 군중 속에 휩쓸리기 전에 집으로 돌아왔어야 했다.

✳

"너는 꿈이 뭐야?"

어느 날 내가 물었다.

고등학생답지 않은 상우를 보며 머릿속에 어떤 생각을 가졌기에 저리 수심이 가득할까 늘 궁금했다. 상우는 한참 동안 말이 없었다.

"꿈?"

"그래, 꿈. 말해봐?"

내 꿈을 물어보기를 바라며 나는 또 재촉했다. 그러면 내 꿈은 소설가라고 말하려고 준비를 하고 있었는데, 상우는 내 꿈은 묻지 않고 그냥 침묵한 채 등나무 옆의 가로등만 바라봤다. 어디서 아카시아 향기가 코를 자극했다.

"이러다 날 새겠다."

"들어가자, 오늘 계획한 공부 마저 해야지."

상우는 내 질문에 대한 답은 다음으로 미루자는 듯 일어나 독서실자리로 갔다. 옆에서 책을 보는 내내 나는 산만했다. 공부에 집중될 리 없었다. 나와 반대로 늘씬한 몸매, 갸름한 얼굴에 안경을 낀 상우가 나는 꽤나 호감이 갔고 좋아졌다. 게다가 따뜻하고 친절한 행동 때문에 집에 돌아와서도 상우가 눈에 어른거렸다.

　그와는 거의 일주일 간격으로 만났던 것 같다. 토요일 저녁에 먹을 것을 한보따리 싸 들고 독서실에 가면 밤샘하기 딱 좋았다. 어떨 때는 상우가 먼저 와 책상에 코를 박고 있었고, 어떤 때는 내가 먼저 와 그가 오기를 기다렸다. 한두 시간 공부하고 나면 우리는 누가 먼저랄 것도 없이 독서실 마당으로 나갔다. 벤치에 앉아 내가 싸온 도넛을 먹는다거나 삶은 달걀을 먹으며 수다를 떨었다. 주로 내가 떠들었다.

　점심시간이 되기 전에 도시락을 먹고 교실에 냄새를 피웠다가 반장하고 몇몇 친구들은 담임 선생님께 발각되어 교무실 앞에서 벌섰던 이야기도 하고, 다행히 나는 먹지 않아서 그 부끄러운 벌을 피할 수 있었다는 이야기로 공부에 찌든 마음을 달래곤 했다. 그럴 때면 그는 잠자코 듣고 있다가 어느 부분이 상상이 가는지 박장대소를 하고 웃곤 했다. 그 모습을 본 나는 더 신이 나서 떠들어댔다. 점심이 되기 전에 도시락을 까먹었으니 점심때는 배가 고파서 매점에 가서 친구들 뒤통수를 바라보며 줄줄이 서서 샌드위치 빵을 사 먹었다는 이야기를 하면 그는 웃음을 참지 못하고 배꼽을 잡았다. 그렇게 우리는 서로 알지 못하는 꿈을 향해 나아가고 있었다.

시위대는 오백 명 정도에서 천 명, 삼천 명, 사천 명으로 늘어났고 날은 어두워져 불빛이 없으면 누가누구인지 알 수 없는 상태가 되었다. 어둠 속에서 그들은 시위 군중들에 섞여 자신의 의사와는 아무런 상관없이 데모꾼이 되어버렸다. 어디서 퍽! 하는 소리와 쨍 그랑! 하는 소리가 들렸다.

'불 꺼!'라는 소리와 동시에 어둠으로 데모꾼들은 얼굴을 숨기고, 숫자가 적은 경찰들도 자신들을 숨겨 서로를 방어할 수 있었던 어제의 시위와는 달랐다. '집에 가라, 밥 좀 묵자' '너거가 집에 가라'라며 경찰의 가벼운 대화 정도의 시위도, 어둠이 경찰들이 데모꾼들의 습격을 피할 수 있는 장치이기도 했던 어제의 시위와는 아주 상반된 현상들이 일어나고 있었다.

경찰서에 돌을 던지고, 경찰이 도망가고, 경찰차가 하천에 처박힌 어제저녁의 시위에 복수라도 하듯 최루탄이 비처럼 쏟아졌다. 코가 매웠고 눈물이 줄줄 흘렀다. 그들은 어딘가로 숨어야겠다고 직감적으로 생각했다. 골목으로 숨어들려면 하천 다리 난간 끝까지 가야 했다. 다리 끝에서 시작되는 골목 입구를 향해 힘껏 뛰었다. 사복을 입은 경찰이 두 번째로 쏘아대는 불빛이 따라오기 전에 가야만 했다.

＊

그날은 가정시간에 가사실습 요리로 신선로를 만들었다. 내용물로 무엇을 넣었는지 다 기억나지 않지만 맛이 좋았고 더 먹고 싶은 걸 참느라 혼났던 기억을 가진 날이었다. 나는 잔뜩 부른 배를 부여잡고 독서실에 갔다. 좀 늦게 간 것인지 그가 친구 한 명과 독서실 마당에 앉아 있었다. 이미 한 타임 공부를 끝낸 듯했다.

"안녕……."

나는 기쁨을 감추지 못하고 그를 부르다 옆에 있는 친구를 보고 약간 부끄러워 말끝을 흐렸다.

"이리로 와."

그가 나를 불렀다 나는 천천히 걸음을 떼고 그와 친구가 있는 벤치로 갔다.

"인사해. 내 친구 동수야."

"안녕하세요."

"네에, 안녕하세요."

"저녁은 먹었나?"

"으응."

낮에 가사실습 시간에 먹은 신선로가 아직 내 위 속에 채워져 있는 상태라 나는 저녁 생각이 없었다. 그냥 저녁을 먹었다고 대답을 해버렸다.

"우리는 인자 먹을라고."

"응, 먹어. 나는 너무 많이 먹어서 배불러."

그들이 가져온 도시락을 꺼내 밥을 먹기 시작했다. 노란 양은 네모도시락 안에는 달걀 프라이 한 개가 덮여 있었고, 옆의 반찬병에는 김치가 가득 채워져 있었다. 두 친구가 수줍은 듯 조심스럽게 먹는 모습을 보려니, 분위기를 편안하게 해줘야 밥을 편히 먹을 수 있을 것 같았다. 그래서 나는 부끄럽지만 어제 영어 수업시간에 있었던 이야기를 조심스럽게 꺼냈다.

영어 시간에 본문을 읽고 해석하기가 있었는데 서로 지적당할까봐 잔뜩 움츠리고 있을 때 선생님이 나를 지명하셨어. 나는 얼굴이 화끈거리는 것을 느꼈지. 하지만 대놓고 못한다고 할 수도 없었거든. 그래도 명색이 진학반에 앉아 있는데 말이야. 나는 참고서를 책상 서랍에 펼쳐놓고 일어섰거든. 내 짝지가 재빠르게 본 단원 해석 부분을 펼쳐주는 거야. 그래서 영어 책 본문을 읽고 책상 서랍에 반쯤 나와 있는 해석 부분을 읽어내렸어. 영어 본문 내용 한 문단 읽고 참고서 해석 부분을 한 문단 읽고, 계속 이런 방법으로 반복하면서 그 본문 영어 내용을 끝까지 해석했어. 그런데 중요한 것은 영어 선생님이 그냥 칠판 앞 탁자 옆에서 서 계셨기 때문에 나의 이런 도둑 해석을 보지 못하셨지. 오직 공범인 내 짝지만 알고 있었지. 하지만 거의 다 영어 해석을 어려워했기 때문에 선생님이 모르는 척했을 수도 있어. 쉬는 시간에 내 앞의 친구가 '너 영어 해석 잘하더라. 놀랐어!'라고 하더라. 그런데 나는 참고서를 몰래 보면서 해석을 했다는 말을 하지 않았어. 왜냐고? 고등학교 입학 후 성적이 하위권에서 맴돈다는 사실을 아는 친구들에게 나의 마지막 자존심을 지키고 싶었거든.

밥을 먹던 두 친구들은 소리 내어 웃지 못하고, 키득키득 밥알이 튀어 나올 것같이 볼을 불룩거리며 웃어댔다.

"왜 웃어!"

"거울을 보는 것 같아서."

"너희들도 그러니?"

"우리 또래들 중에 영어를 반갑게 맞아주는 애들이 있겠어?"

"우리 영어 선생님은, 영어가 타국에 와서 고생한다고 해."

"하하하하."

깔깔깔 우리들은 그 순간 아무 생각 없이 즐거웠다. 그러면서도 그들은 양은 도시락에 밥 한 톨도 남기지 않고 닥닥 긁어먹었다. 그렇지만 그들은 배가 반도 차지 않은 듯한 표정이었다. 나는 우유를 사러 갔다. 삼각 비닐 우유를 세 개 사서 마셨다. 상우가 또 우유에 빨대를 콱 정조준해 찔러 구멍을 내주었다. 상우와 처음 만난 그때처럼.

"이건 압력을 이용해 순간 힘을 주어 찔러야 돼."

'너는 우유에 구멍을 어쩌면 그렇게 잘 내?' 하는 표정으로 내가 물끄러미 쳐다보고 있으니 상우가 말했다.

"얘는 여학생들한테 인기가 많아요."

옆의 동수가 둘의 분위기를 얼른 알아채고 거들었다.

"그럴 것 같아요."

"꿈이 정치가래요."

동수는 다부지고 작은 체구에 걸맞게 상우의 꿈까지 야무지게 알고 있었다. 늘씬한 키에 학구적이고 지적인 외모의 상우가 정치를 하면 꽤나 인기가 있을 것 같았다. 내가 좋아한 이유도 그랬으니까. 게다가 친절하기까지 하니 말이다.

＊

상우와 동수는 골목으로 접어들어 뛰었는데 막다른 골목길에 딱 걸음을 멈췄다. 어느새 경찰이 쫓아오고 있었다. 상우는 어느 집 담장을 밟고 낮은 슬레이트 지붕 위로 도망갔다. 거기로 경찰도 따라왔다. 슬레이트 지붕을 밟고 달리던 상우는 지붕에 구멍이 뚫리면서 발이 걸려 빠졌다. 경찰이 플래시를 비추며 슬레이트 지붕 밑에서 '내려와!'라고 소리쳤다. 상우는 내려가지도 발을 빼 달아나지도 못한 상태로 있었다. 경찰이 그의 다리를 잡았다. 그러자 겨우 지탱하고 있던 이미 삭은 슬레이트 지붕이 와르르 무너져 깨지고 그가 바닥에 떨어졌다. 동수는 보이지 않았다. 다른 한 경찰이 그의 목덜미를 잡았다.

"너, 이 새끼 어딜 도망가려고!"

"놔요, 나는 아입니더."

"요놈 봐라."

상우는 꼼짝없이 잡혔다. 세 명의 경찰이 그를 에워쌌다. 경찰 두 명이 양쪽에서 팔짱을 끼고 그의 몸을 조였고, 또 한 명은 뒤에서 둔기 같은 것으로 그의 뒤통수를 갈겼다.

"윽."

상우가 휘청거렸다. 머리에서 피가 나는 것 같았다. 그는 머리가 어질어질했다. 하지만 경찰들은 그의 그런 사정은 안중에도 없었다. 오히려 상우의 두 손을 억지로 피 묻은 머리에 올리고 그를 닭장차에 태웠다. 상우는 어떤 이유도 항변할 틈도 없이 순식간에 데모꾼이 되어 M 경찰서로 연행되었다.

경찰서는 그들처럼 억울하게 붙잡혀온 사람들로 시장바닥처럼 득실거렸다. 어떤 아이는 복도에서 놀고, 아버지는 복도에서 쭈그리고 앉아 있었다. 통근버스에서 내려 얼떨결에 잡혀온 작업복을 입은 노동자도 있고, 명이와 영선 언니도 보였다. 온몸엔 질질 끌려온 흔적이 역력하고, 탱자같이 부은 눈에 억울한 표정으로 앉아 있는 이들은, 서로가 초면이고 붙잡혀온 이유를 묻지 않아도 단박에 알 수 있었다. 언니들이 의아하고 불쌍한 시선으로 상우를 바라보며 곁으로 다가왔다. 하지만 미처 말을 붙이기도 전에 상우는 누군가에게 불려갔다.

"교복 입은 걸 보니 학생이고. 어느 학교 몇 학년? 이름은?"

"C고 삼 학년 한상우입니더."

"어린 놈의 새끼가 너거 데모하는 것 다 봤다! 하라는 공부나 하지, 예비고사, 본 고사, 아고~ 할 일이 태산같이 많은 놈들이 데모나 하고!"

"아입니더. 데모, 안 했습니더!"

"이 녀석 봐라, 어디서 거짓말 하노! 우리가 무슨 눈을 폼으로 달고 댕기는 줄 아나!"

경찰은 상우에게 자초지종을 들어볼 생각도 없이 조직적으로 시위대에 가담한 데모꾼으로 취급했다.

"같이 있던 니 친구들 이름 다 말해야 될 기다."

같이 있던 친구들이라니? 상우는 그냥 우연히 구경했을 뿐이었다는 말을 해야 했지만 폭력적이고 험악한 분위기에 그만 주눅이 들었다.

"너거 아버지 뭐하시노?"

"농사짓습니더."

"농사? 너거 아버지는 니가 요래 데모하는 거 아나? 모르나?"

"아니라예, 데모, 안 했습니더!"

상우는 생각지도 않은 분위기와 갑자기 당한 일이었기에 경찰을 설득할 논리적인 말은 생각이 나지 않았고, 계속 데모를 하지 않았다는 말만 반복했다.

"선배님, 야가 김○○ 하고 뭐가 있답니다."

한 경찰이 다가오며 말했다.

"안 되겠다. 요놈 가볍게 다뤄서 될 일이 아이다. 일단 보호실에 넣어라!"

다가온 경찰의 제보에 단순하게 처리할 수 없었는지 그는 상우를 중죄인 취급을 했다.

"잠깐, 허리띠하고 신발도 벗기고, 도망가면 안 된다."

상우는 복잡한 보호실에서 아픈 몸을 벽에 기대고 끙끙거리고 있었다.

"대학생이야?"

"고등학생입니더."

보호실 분위기에 맞지 않게 상우에게 친절하게 다가온 그 남자는

"너네 아버지 걱정 많이 하시겠다. 뼈빠지게 농사지어서."

라고 말했다. 상우가 의아한 눈으로 그를 바라보았다.

"김○○은 어떻게 알어?"

"친구 과외 선생님이라요. 친구 집에 갔다가 한 번 봤습니더."

데모 진압을 종식시킬 인물인 듯한 김○○에 대해서 이것저것 세세하게 물어보던 남자가 갑자기 없어졌다. 그날은 아프고 복잡한 차가운 보호실 바닥에서 밤을 새웠다. 다음 날 상우는 그의 한평생을 바꿔놓을 그 일이 있을 줄 꿈에도 모르고 불편한 밤을 보냈다.

✳

운동장에서 M시 앞바다를 내려다보며 교련을 하고, 교련 선생님의 구령에 맞춰 우로 봣, 좌로 봣, 하며 그렇게, 그렇게 시간은 자꾸 흘러갔다. 봄이 가고 여름방학이 되면서 우리는 더 자주 만났다. 소위 말하는 독서실박이가 되어 있었다.

"우리 영화 보러 갈래?"

"응? 고삼! 이 중요한 시기에 영화라니?"

"맨날 공부만 하면 오히려 능률이 안 올라."

"음, 무슨 영환데?"

나는 내가 보고 싶은 영화면 보러 가고 그렇지 않으면 어떤 핑계를 대고는 안 갈 생각이었다.

"친구가 초대권 주더라?"

"무슨 영환데?"

끝까지 말하지 않고 뜸을 들이는 상우에게 나는 자꾸 물었다.

"폐세이지."

"어떤 내용이야?"

"이차 세계대전 배경의 영화인데 굉장히 서스펜스하대."

"그래?"

나는 서스펜스하다는 말에 솔깃했다.

"좋아, 우리 둘만 가는 거야?"

"일단, 친구와 삼일오극장 앞에서 만나기로 했는데."

"그때 그 친구?"

"응."

잠깐 생각하다가 가겠다고 대답했다.

집에 돌아와서 영어사전을 꺼냈다. 페세이지가 무슨 뜻인가부터 찾아보았다. passage, 통로 또는 통과하다. 어느 길을 통과하다. 대강 이차 세계대전 배경이니까 어떤 상황에 처한 누군가가 긴박하게 어딘가를 통과하기 위해 벌어지는 내용일 거란 짐작이 갔다. 내용을 상상하니 벌써부터 보고 싶은 생각에 마음이 들뜨기 시작했다.

자취방에서 저녁을 간단하게 먹고 샌드위치 빵을 만들었다. 고작 식빵 두 개 속에 달걀 프라이 한 개를 넣은 샌드위치지만 그들이 잘 먹어줄 것이라 생각했다. 그리고 무엇을 입고 갈 것인지도 고민하느라 모처럼의 영화 구경 준비 시간은 꽤 길었다. 불시에 단속하시는 선생님께 걸리면 안 되니까 대학생인 척 사복을 입어야 했다. 그들도 사복을 입고 올 것이다. 나는 딱 두 벌 있는 사복을 앞에 놓고 선택을 못 해 잠깐 고민에 빠졌다. 원피스가 예쁘긴 한데 원피스를 입자니 통통한 몸매가 예쁘게 보이질 않을 것 같았다. 할 수 없이 좀 덜 예쁜 청색 셔츠에 청색 플레어 치마를 입었다. 좀 덜 통통해 보였다. 오히려 청순하고 발랄해 보였다. 내 마음에 쏙 들었다.

시간은 이미 밤이 되었는데 긴 여름 해는 아직 붉은 노을을 머금고 있었다. 극장 앞에서 서성거릴 수 없어 건너편 빵가게 앞에서 진열대 위의 빵들을 구경하는 척했다. 얼마 지나지 않아 상우가 먼저 왔다.

"친구는? 여기서 만나자고 약속했어?"

"아, 저기 오네. 여기!"

동수는 막 바뀐 신호등을 건너며 우리를 보고 달려왔다.

"저녁은 먹었니?"

"아니."

"그럴 줄 알고 내가 이거 싸왔지."

동수는 집에서 다녔지만 독서실에 간다고 일찍 나오느라 저녁을 못 먹었고, 상우는 형님 댁에 얹혀살아 형수님에게 저녁 일찍 달란 소리를 못 해 그냥 나온 상태라는 것을 짐작한 나는 맛없는 내 샌드위치지만 맛있게 먹을 것이란 것을 알아챘다.

"얼른 들어가자. 지도부 선생님께 들킬라."

우리는 극장 입구로 향했다. 입구에 검표하는 안내원이 우리들을 힐끔 보면서도 아무 의심하지 않고 들어가라 했다.

"그냥 의심하지 않고 들여보내주네?"

"이 영화 우리가 봐도 되는 거다."

극장 입구의 큰 간판을 힐끔 보니 십오 세 이상 관람가라고 씌어 있는 것이 보였다.

"괜히 쫄았네."

"그래도 선생님이 허락한 것과 다르니 그렇지."

"우리는 단체 영화만 허락한다!"

주거니 받거니 자신들의 생각을 얘기하면서 눈은 극장 안 휴게의 자를 찾았다. 의자에 앉으며 내가 영화를 좋아하지만 마음대로 볼 수 없다고 불만을 터트렸다. 나는 두 친구가 샌드위치를 먹는 것을 보면서 극장 안을 두리번거렸다. 우리처럼 학생인 듯한 사람들이 더 러 보이긴 했다.

전쟁영화는 거의가 다 그렇지만 총소리가 나고 사람들이 피 흘리 는 것이 정석이다. 그런데 이 영화는 〈사운드 오브 뮤직〉처럼 직접 적인 총싸움보다 긴장감으로 일관된 내용이었다. 특히 독일군이 탈 출하는 과학자의 딸과 잠자리를 하려고 속옷을 벗었는데 팬티 앞에 나치의 상징 문양이 그려져 있어 나는 부끄럽기도, 우습기도 했다. 그 부분은 두 손을 가리고 손가락 사이로 보았다. 두 친구는 그 장면 을 더 재미있게 보는 것 같았다.

거의 두 시간 반을 보고 밖으로 나오니 밤이 깊어져 배도 출출해 도저히 이대로 갈 수 없었다. 다행히 극장 앞의 빵집은 불이 그대로 켜져 있었다. 두 친구가 서로 얼굴만 마주 보고 주춤거렸다. 나는 재 깍 눈치를 채고

"들어가서 빵이라도 먹고 배 좀 채우고 가자. 내가 살게."

라고 했다. 나는 그때 부모님이 가게를 하셨기 때문에 일주일 용돈 을 꽤나 많이 받았고, 절대 아무 데나 지출을 하지 않았기 때문에 용

돈이 넉넉했다.

우리 셋은 빵과 음료수를 먹으며 영화 감상 후기라도 쓸 듯 영화에 대한 자신의 생각들을 열렬히 토론했다. 결론은 '전쟁은 승자도 패자도 없어'라고 했던 것 같다. 그런 다음은 또 야밤에 별로 할 것이 없어지고, 다시 독서실로 가거나 아니면 통금시간 전에 집으로 돌아가는 길밖에 없었다.

"난 집으로 갈게."

"그럴래?"

동수는 우리 둘을 위해 먼저 가겠다는 것인지, 과외 선생님 몰래 빠져나온 것이 걱정이 되는지, 빨리 돌아가겠다고 했다. 그러면서 동수는 우리가 만류할 틈도 주지 않고 이미 길 건너 쪽으로 뛰고 있었다.

"집까지 바래다줄게."

"너는?"

"독서실이나 가지 뭐."

우리는 가게 불빛이 물고기 호흡하듯 뻐끔거리는 거리를 걸었다. 대로를 건너고 산복도로를 오르고 자취방이 있는 골목에 다 닿았다. 헤어지기 아쉬워 서성거릴 판이었다. 상우가 영화에서 본 장면을 흉내라도 내는 듯 가까이 왔다. 우리는 서로가 기다리기라도 한 듯 짧은 입맞춤을 했다. 처음 해보는 짜릿하고 아이스크림 같은 입맞춤이었지만 그 달콤함은 오래오래 기억될 것 같았다.

그 다음 날 경찰이 그를 불렀다. 상우는 취조실로 끌려갔다.

"벗겨라."

"예? 와 이랍니꺼. 나는 아무 잘못도 없어예. 데모 안 했단 말입니더!"

상우가 팔짱을 끼려 달려드는 경찰에게 저항하며 몸을 빼내려 했지만 역부족이었다. 곤봉을 들고 위협하는 그들을 이길 재간이 없었다. 창고 같은 데로 그를 데려간 경찰이 그를 던지다시피 내팽개치고 사라지자, 그곳에 있던 경찰 몇 명이 달려들어 상우의 팔을 뒤로 묶고 의자에 앉혔다. 그들은 일을 분야별로 나누어 처리하는 듯했다. 눈빛이 날카로운 한 경찰이 상우에게 곤봉을 들이대며 협박했다.

"친구 이름 대라. 순순히 대면 풀려날 끼고 계속 말 안 하면 죽을 수도 있어!"

"아입니더! 나는 모릅니더!"

"안 되겠어! 발가벗겨!"

순식간에 상우를 발가벗긴 그들은 상우를 방화수가 채워져 있는 드럼통 앞으로 끌고 갔다.

"아악!"

드럼통 앞에서 내어지른 상우의 외마디 비명은 물속으로 이내 사라졌다.

경찰은 상우의 상체를 들었다가 다시 드럼통 속으로 담갔다가를 반복했다. 으윽, 상우의 비명 소리는 드럼통 밖으로 들렸다가 다시 무음이 되고, 드럼통 안은 물거품만 일었다. 물고문하는 경찰들은 상우를 죽이기로 작정한 것 같았다.

상우는 너무 견디기 힘들었다. 숨이 막혀 죽을 것만 같았다. 머리를 흔들고 묶인 손을 빼려고 발버둥을 쳤다. 온몸으로 저항했지만 세 경찰관의 힘에 못 당했다. 드럼통에 얼굴이 처박혀 항복하지 않으면 곧 죽음이었다. 여러 차례에 걸쳐 드럼통에 처박으며 고문을 해대던 경찰도 지쳐 잠깐 숨을 골랐다. 상상하지 못할 죽음 직전의 파김치가 다 된 상우의 얼굴이 드럼통 밖으로 드러났다. 다시 드럼통 속으로 거꾸로 처박히면 진짜 마지막이 될 것 같았다. 그는 다급하게 말했다.

"말하겠습니더, 말하겠습니더.

그가 벌벌 떨며 살려달라고 애원했다.

"하아! 그래?"

경찰이 다음 동작을 하려다 멈췄다.

"배…… 동수입니더."

곧 숨이 넘어갈 듯 그가 내뱉었다.

"진작 그럴 것이지."

두 경찰관은 초죽음이 된 상우를 바닥에 내동댕이쳤다. 그들은 사람을 다루는 게 아니라 마치 도살장에 끌려온 짐승을 다루는 것 같았다. 생각도 말아라. 억울해도 할 수 없다. 의심할 행동을 하고, 너희가 데모대에 가까이 있었던 것이 잘못이다. 자초지종 들어보지도 않고, 왜 데모하는 데 갔느냐, 우연히 그냥 구경하다가 휩쓸렸다, 그런 따위의 말은 통하지 않았을뿐더러, 설령 말을 했어도 그것은 그들의 목적에 맞지 않아 데모꾼들의 쓸데없는 변명에 불과했다. 상우를 바닥에 내팽개친 그는

"데모하다 잡혀온 놈들은 법대로가 없다!"

라고 소리치고는 다음 경찰이 처리하라는 신호를 남기고 나가버렸다.

혹독한 고문에 못 견딘 그는 친구의 이름을 말했다. 고문은 멈추고 그는 취조실에서 끌려나와 다시 보호실로 왔다. 이들은 성인도 아닌 상우에게 최소한의 인간적인 대우는커녕, 억울함을 호소할 어떠한 과정도 주지 않았다. 상우 또한 어떠한 원인으로 자신이 희생되고 있는지 전혀 모른 채 그렇게 칠 일 동안 고통 속에서 조금씩 죽어갔다.

*

10월 26일 대통령이 서거했다. 우리는 다음 날 아무것도 모르고 학교에 갔다. 수업은 시작되지 않고 교실 스피커에서는 우울한 음악만 들려왔다. 조금 있으니 국무총리의 담화가 발표되었다.

"각하께서는 어제 저녁 졸지에 서거하시고……."

여기저기서 키득거리는 소리가 났다. 우리는 그날과 그 전날과 또 일주일 전에 어느 누가 어떤 일을 당하고 어떻게 죽어가고 있는지를 아무것도 몰랐고, 그저 '졸지에 각하께서는'이라는 말에 웃고만 있었다

상우와 나는 이후 독서실에서 잠깐 만났지만 눈인사로 대학 가서 다시 보자라고 했던 것 같다. 그나마 그 사건 이후에는 가끔 보던 그를 영영 보지 못했다.

겨울이 되었을 무렵 동수를 잠깐 만났다. 그는 상우가 당한 일을 나에게 대충 이야기해주었다. 동수도 상우를 볼 면목이 없고, 상우는 더욱더 동수를 피하는 것 같다고 했다. 동수는 막다른 골목에서 어떤 가게 주인이 숨겨줘 그날은 어떻게 피할 수 있었지만, 집에서 갑자기 잡혀갔다. 김○○은 그들의 정보망에 의해 잡혔고 동수는 다행히 고문 직전에 그의 아버지가 신분을 증명하고 아는 경찰을 통해서 빼내주었다고 했다.

그 가을과 겨울이 심란하게 지나고도 나는 일 년 더 학교를 다녔다. 3·15 의거탑 옆에 버스정류장이 있어 시골 가는 버스를 탈 때면 그 장면이 한동안 떠나지 않았다. 상우는 어떻게 지내고 있을까? 그 언니들은 어떻게 되었을까. 동수의 말에 의하면 여자도 사정없이 고문을 가했다고 하던데, 여자의 몸으로 그 모진 고문을 어떻게 견뎌냈을까.

자신의 몸이 상할까 봐 무서워 떨며 앞장서지 못하는 사람들이 대부분인데, 그 언니들은 진짜 용감한 것인가. 젊은 기운에 그냥 한번 큰소리를 내어본 것일까. 권력을 유지하기 위해 만들어놓은 제도에 억압당하지 않고 인간이 누려야 할 기본적인 자유와 권리를 위해 앞장서 소리쳤을까. 내가 성인이 되어 사회 생활을 하면서 참 늦게 깨달은 것들을 그 언니들은 먼저 피부로 느끼고 실천한 것일 게야. 3·15 의거탑을 지날 때면 확실한 무엇인가는 알지 못했지만 나는 늘 그 생각을 하면서 지나쳤던 것 같다.

사십 년 전 헤어진 후 그로부터 십오 년쯤 지났을 때, 3·15 의거탑 앞을 지나다가 상우를 만난 적이 있었다. 상우는 그가 꿈꾸던 것을 이룬 것도 아니었고 어떤 평범한 회사원도 아니었다. 그때의 트라우마에서 벗어나지 못해, 기본적인 사회 생활을 하는 것도 아닌 채 살고 있는 듯했다. 서로 알아보고 주춤거렸지만 나는 그 모습이 낯설어 어떤 말도 할 수 없었다. 잠깐 머뭇거리다 우리는 모르는 사람같이 그냥 지나쳤다.

*

가끔 까마득한 기억들이 되살아날 때가 있었다. 기쁨으로 다가오는 첫눈 같은 상우와 추억의 장소가 떠오르면 가슴팍 명치끝이 뜨끔거렸고, 이것이 생을 견디는 버팀목이었을 것이란 생각도 했다. 오류이기를 바라는 기억들이 다시 지나갈 때면, 세찬 도리질로 그 기억들을 떨쳐버리곤 했다. 상우가 꿈을 이루는 데 방해꾼이 되었을 악몽 같은 기억. 머리로는 거부했지만 몸이 뚜렷이 기억했을 것이고, 악어의 이빨 같은 그것은 마침내 상우를 주저앉게 했을 것이었다.

기념식이 끝나고 대통령이 초대석에 앉은 명이, 영선, 두 언니들을 비롯해 여러 사람들에게 다가가 한 명 한 명 악수를 하고 위로를 하고 있었다. 저들의 인권이 최고로 존중 받는 순간이었다. 혹시 저 속에 상우가 있는 것은 아닐까, 화면 가까이로 바짝 다가가보았다. 그런데 잘 모르겠다. 상우와 비슷한 나이의 남자들이 많아서 상우인 듯 아닌 듯했다.

몇 년 전 그때, 상우에게 어떻게 지내는지 안부라도 물어야 했다. 우연히 폭풍우를 만나 사라진 삶에, 구세주는 못 되었을망정, 그에게 관심을 갖고 얘기라도 들어주었어야 했다. 아니다. 철저하게 기억을 이분화시켜 살라고, 악어의 이빨 같은 나쁜 기억은 인생의 여러 사건에서 하나의 점에 불과한 일이라고, 나머지 여백의 공간에서 행복을 찾고, 첫눈 같은 좋은 것만 기억하라고 말했어야 했다. 대통령이 중간 좌석을 지나 맨 뒷좌석에 앉았던 사람들까지 악수하고 있었다. 나는 먼 시간여행에서 돌아온 듯 멍하니 앉아 있었고, 자막으로는 '누군가의 희생과 누군가의 용기는 오늘을 바꾸고 내일을 풍요롭게 한다'라는 문구가 올라오고 있었다.

(『소설21세기』, 2021년 여름호)

해수

새것이지만 침대 매트리스를 바꾸고, 신혼살림으로 장만해온 바위 같은 이불을 걷어내고 오리털로 바꿔야겠다. 보리차 끓여 먹기 귀찮으니 정수기도 구입해야겠다. 튀어나온 브라운관 때문에 떡하니 자리만 차지하는 안방의 텔레비전도 교체하고, 이왕이면 벽걸이로 해야겠다. 몸이 좋아진다는 차가버섯과 관절에 좋은 콘드로이친도. 그다지 쓸 일은 없긴 하지만 반상기 세트도 체크해야겠다.

"총 얼마예요?"

해수가 삐죽 치솟은 머리를 만지작대며 말했다.

"아직 정회원에 못 미치는데요?"

MD 남자는 올라가는 계산기 숫자의 멈춤에 아쉬운 기색이 역력했다.

"그럼, 정회원 돼야 하니까, 시계와 게르마늄 팔찌도 포함합시다."

해수가 팸플릿의 마지막 장을 덮으며 말했다. 남자는 '필요한 물건이 있으면 사시면 되어요'라고 친절하고 정중했던 태도는 사라지고 고개만 주억거렸다.

동생에게 이끌려 작은 교육관에 들어가기 삼십 분 전과는 달라도 너무 다른 태도에 갑과 을의 위치가 뒤바뀐 듯했다. 해수가 빤히 쳐다보자 언짢음을 눈치챘는지 남자가 메모지에 '월 수입 15,000,000원'이라고 써 보였다. 해수는 천오백만 원이라는 숫자에 작은 단추 같은 눈이 번쩍 뜨였다. 천오백만 원이라니! 들어온 수입으로 알뜰히 살림 잘하고 아이 정성껏 키우는 일이 전부였다. 게다가 가진 재주라고는 꼰대 냄새나는 '교사자격증'뿐인 해수에게 회원 가입만 시키면, 남편 월급의 세 배가 넘는 돈이 생긴다니 참으로 놀라운 일이었다. 24시간 노력을 하여 버는 것도 아니고, 그렇다고 수천이나 수억을 밑천으로 하는 일도 아닌, 고작 백만 원대의 물건을 사면 사업가가 되는 것이다. 위기가 곧 기회라고, 어쩌면 남편이 놀고 있는 우리 집 사정을 알고 동생이 이리로 데리고 왔는지도 모르겠다. 하지만 육 개월째 수입이 0원인 집안 형편으로 봐서는 선뜻 카드를 내밀기 망설여지기는 여전했다. 저만치서 해수의 행동을 보고 있는 동생을 불렀다.

"너도 했니?"

동생이 고개를 끄덕끄덕했다.

"총 팔백오십만 원입니다."

해수와 또래로 보이는 남자는 자신에게 오는 이익을 매듭짓기 위해 다급함을 보였다.

"웬만한 아파트 1평 값도 안 되네요."

결제를 망설이고 있는 해수를 또 재촉했다.

"12개월로 해주세요."

해수가 카드를 내밀었다. 이 개월만 열심히 회원 가입시키면 투자한 돈 두 배 이상이 들어온다. 이건 분명 사업을 하기 위한 투자일 뿐이다. 국자처럼 치켜뻗어 있는 머리를 삼십 분 동안이나 다듬고, 남편에게 애먼소리 들으며 제일 좋은 옷으로 입고 온 값은 해야 할 것이다. 게다가 이른 아침 등교하는 아들과 함께 집을 나서, 타 도시로 외출 온 보람도 있어야 할 것이다. 해수는 몇 번이나 자기 주문을 외우며 이 행동이 잘못된 것이 아님을 되뇌었다.

카드를 결제하고 있는 남자의 등을 바라보다가 해수는 옆 테이블로 눈이 갔다. 조금 전에 같이 교육을 받은 또래의 남자와 여자들이 똑같은 자세로 탁자 앞에 앉아 있었다. 그들은 하나같이 가방을 움켜잡고 여차하면 달아날 기세였다. 자신의 직급을 MD라고 소개한 남자가 입을 떼고, 웅성거리던 이들이 일제히 하드보드 앞으로 궁금증을 쏟으며 열정을 보였던 그때의 모습은 사라진 듯했다.

깊은 친분을 가진 지인을 따라 영문도 모르고 여기에 온 것은 해수와 같은 듯했다. 삼십 분간의 사업설명회가 끝나고 교육관을 나오는 대부분이 같은 표정이었다. 우리나라 말을 못 알아듣는 외국인은 아니었기에 해수는 어느 정도 이해를 했다. 이들도 마찬가지였을 것이다. 물건을 사서 써보고, 다음 사람에게 소개하여 회원 가입시키면 한 단계가 끝난다는 것쯤. 회원 수만큼 수당으로 돌아온다는 것도 그랬을 것이다. 미리 충분한 설명 없이 데리고 온 지인에 대한 실망감과 자세히 알아보지 않고 따라온 자신에게도 화가 나 있음이 분명했다.

앞에 앉은 직급이 높은 여자와 남자들이 이들을 향해 열심히 보충 설명을 하고 있었다. 화남과 실망감까지 보상하려면 땀으로 범벅이 되어야 할 것이다. 해수는 이들의 설명을 복화술로 읽으며 자신의 화도 함께 삭이고 있었다. 그렇게 몇 분이 흐르고 굳어 있던 이들의 표정이 조금씩 밝아왔다. 아마도 해수처럼 설득당해 움켜잡은 가방을 열었을 것이다. 남자가 카드를 들고 왔다. 그러자 옆에서 설득당한 이들의 지갑이 풀린 듯 줄줄이 팸플릿이 사그락사그락 넘어가고, 카드기도 직직댔다.

"U시에 사신다죠? 그곳에도 우리 지사가 있습니다. 주소 알려드릴 테니 다음부터는 그곳으로 출근하고, 사업에 대한 자세한 교육도 받으면 됩니다."

MD 남자가 알려준 대로 해수는 집에서 가까운 IMK 지사로 나가기 시작했다. 머리를 단정히 꾸미고 옷은 수수함과는 정반대로 한 벌뿐인 정장 차림과 불편한 구두를 신고 출근을 했다.

"반갑습니다."

문을 열고 들어서니, 그 남자가 해수를 반겼다.

"여기로 오셨네요?"

"해수 씨를 제가 관리해야죠."

남자는 이곳의 책임자에게 해수를 소개하고는 기대되는 분이라고 했다. 뭘 기대하는 건지 모를 일이었다.

그때 받았던 교육을 또 받았다. 사무실은 시장바닥에 버금갈 정도로 시끌시끌했다. 여기에도 벌써 많은 회원이 있고 그들이 열심히 활동하고 있는 듯 보였다.

"지금은 B시 본사와 U시만 지사가 있는데, 앞으로는 D시와 M시도 확장할 계획입니다."

이곳의 책임자가 부르튼 입술에 침을 묻혀가며 신나게 떠들었다. 사업소가 확장되어 신나고 기쁜 모양이었다. 수입이 엄청나게 늘어나 백화점에 가서 가격표를 보지 않고 사고 싶은 것을 산다고도 자랑스럽게 얘기했다. 교육을 받는 사람들의 표정이 열정으로 똘똘 뭉친 듯했다. 해수도 뜨거워오는 가슴을 감출 수 없었다.

"먼저, 가족부터 회원으로 가입시키고 그다음, 친척, 친구, 지인……."

남자가 해수에게 리크루트하는 방법을 알려주었다. 해수는 MD

남자가 가르쳐준 대로 동그라미 세 개를 그렸다. 처음 동그라미에는 '나'라고 쓰고 시계추처럼 줄을 그은 두 개의 동그라미에는 남편과 사촌 이름을 썼다. '나'는 정회원이고, 남편과 사촌은 예비회원인 셈이다. 이들 두 사람이 정회원이 되면 '나'는 주임 정도가 되는 것이다. 그러면 물건을 판 가격에서 십 퍼센트에서 이십 퍼센트로 수당이 올라가는 것이었다. 내가 필요한 물건을 사고 남들에게도 필요한 물건을 사게 만들어 수당을 챙기는 그런 회로를 거쳐 해수의 월급이 지급되었다.

해수는 동그라미 안에 써넣은 사촌에게 전화를 걸었다. '오랜만에 만나 수다 떨자'라며 동생이 했던 방법 그대로 했더니 사촌은 의심 없이 내일 만나자고 했다. 벌써 회원 한 명이 는 것같이 기뻤다. '아니지, 옷이 이래서 안 되지. 손님을 맞이하는데. 정장을 한 벌 사야겠어. 갈아입을 정장이 한 벌 더 있어야지. 아 참, 구두도 있어야지.' 사무실을 나온 해수는 두어 블록 떨어진 백화점으로 갔다. '점포에 투자를 않는 대신 몸에 투자를 해야 해. 내가 곧 가게인 것을.' 꽤 비싼 정장은 역시 카드로 결제를 했다.

베이지색 정장을 단정하게 차려입고 사촌과 약속 장소에서 만났다. 그런데 그녀는 사무실 앞에서 들어가려 하지 않았다. IMK유통 간판을 보더니 의심의 눈초리가 역력했다.

"잠시, 교육만 받으면 돼."

"잠깐 화장실 좀 갔다가."

해수는 사촌을 따라가 화장실 앞에서 경찰이 범인을 감시하듯 초조하게 기다렸다. 한참을 기다리자 사촌은 들어갈 때와는 다르게 결의에 찬 얼굴로 나왔다. 해수는 사촌이 여차하면 뒷문으로라도 도망갈까 봐 마음이 졸였다. 사촌의 팔짱을 꼈다. 의외로 사촌은 선심 쓰듯, 왔으니 '들어나 보자'라는 듯, 순순히 팔짱에 이끌려 교육관으로 들어갔다. 해수도 옆에 꼭 붙어 앉아 같이 교육을 받았다.

교육이 끝나자, 사촌 손을 잡고 동생이 했던 것처럼 그 남자의 책상 앞으로 데리고 갔다. 그 남자는 역시 해수에게 했던 것처럼 물건을 사고 회원이 되기를, 땀을 뻘뻘 흘리며 설명을 했다. 해수에게 원망의 눈초리를 보내던 사촌은 퉁명스럽게 말했다.

"필요한 물건이 없는데요."

남자가 팸플릿을 계속 넘기며

"자세히 살펴보세요. 종류가 많습니다."

"카드도 없는데요."

남자가 해수를 바라봤다. 이런 경우, 전혀 경험이 없는 해수는 어깨를 으쓱해 보였다.

"그럼, 일단 점심부터 먹고 와서 골라봐요."

판매의 달인 같은 남자가 말했다.

해수는 사촌을 데리고 밖으로 나와 사무실 뒤 식당으로 갔다. 멋쩍은 이 상황을 모면하려면 보편적인 상식으로는 같이 밥을 먹어야 했다.

"이런 곳인 줄 몰랐다!"

해수는 얼굴이 화끈거렸다. 사촌은 갈비탕을 먹으면서도 자신을 속이고 데려왔다고 단단히 화가 나 있었다. 해수는 점심 먹고 수다 떨면 되지 않겠냐고 부드럽게 말했다. 그녀가 조금 화를 푼 듯했다.

사촌을 바래다주고 돌아오며 택시를 탔다. 점심값, 택시비, 사촌에게 깨진 믿음. 시작과 동시에 난관에 봉착했다. 그렇다고 시작한 일을 관둘 수도 없다.

만만한 게 가족이라고, 다음은 남편이었다. 남편은 집에 놀고 있는 게 미안했는지 순순히 따라나섰다. 교육을 받는 내내 팔짱을 끼고 교육하는 사람을 노려보는 남편 역시 화가 난 것 같았다. 해수는 남편을 설득해야 했다. 그러나 다른 사람들처럼 그렇게 하기 싫었다. 해수가 꺼낸 카드에 결국 반강제로 물건을 사고 결제를 했다. 당연히 일을 찾아서 해야 될 일을 해수가 먼저 나서서 해야 함이 답답했기에 남편의 생각을 염두에 두지 않았다. 이번에도 일 년으로 나눠 내는 것으로 했다. 천만 원도 넘는 돈이 다달이 백만 원 정도 사라지는 것이다.

"투자를 해야 수입이 생기는 거야."

해수는 남편을 다독였다.

"결국 회원을 가입시켜야 수입이 생기는 거네?"

남편은 이제껏 참았던 불만을 퉁명스럽게 내뱉었다.

"그런가? 나는 필요한 물건을 사고, 남들에게 필요한 물건을 사게 하면 수입이 생기는 줄 알았는데."

"엎어치나 메치나, 그게 그거지 뭐!"

뚝배기가 깨진 듯 둔탁하고 큰 소리에 놀란 해수가 캑캑댔다. 입에 물고 있던 갈비 덩어리가 통째로 넘어가 목에 걸렸다. 갈비탕 가게의 손님들이 죄다 이들 쪽으로 시선이 모이는 것 같았다. 남편이 앞에 있는 물컵을 내밀었다.

"그래도 이왕 시작한 것이니, 몇 개월만이라도 한번 해봐요."

물을 마시고 해수가 조금씩 진정되자

"기간제 교사 자리를 알아보면 될 것을."

남편은 못마땅하여 혼잣말처럼 구시렁거렸다.

해수는 노트를 펼쳤다. 남편 옆의 동그라미에 사촌 이름을 지우고 누구를 채울까 생각에 잠겼다. 마음씨 좋은 삼십 년지기 친구가 떠올랐다. 동그라미 안에 그 친구의 이름을 썼다. '미란' 그리고 별표를 했다. 이번에는 방법을 달리해야겠다. 솔직하게 말하고 데려오느냐, 아니면 사촌에게 했던 것처럼 똑같은 방법으로 하느냐, 고민에 싸여 있으니 MD 남자가 다가와 일러주었다. 본사로 데려오라는 것이었다. 이곳보다 그곳의 사업장을 보면 믿음이 더 생길 것이라 했다. 남자가 매번 이곳으로 출장을 와서 해수를 관리했는데, 이번에는 해수가 했던 것처럼 본사로 데리고 와서 교육을 받고, 그곳 모습을 보면 더욱 믿음이 생겨서 회원 가입을 할 거라고 했다.

"물건을 써보니 어땠어요? 그것도 친구에게 PR을 하세요."

"시계는 참 좋은데요."

해수가 손목시계를 바라보며 말했다.

"다른 건요?"

"다른 건……."

"오늘 당장 집에 가서 구입한 물건부터 사용해보세요. 그래야 자신 있게 친구를 회원 가입시킬 수 있지 않겠어요?"

"네, 그래야겠네요."

집으로 돌아온 해수는 정수기를 설치하고 오리털 이불을 꺼냈다. 혼수로 가지고 온 두껍고 무거운 이불을 걷어 장롱 속에 집어넣고 오리털 이불을 펼쳤다. 이전 이불이 바윗덩어리 같았다면 오리털 이불은 작은 돌멩이를 든 것처럼 가벼웠다. '이것을 PR해야겠네. 가볍고 따뜻하고.' 해수는 리크루트 방법을 하나씩 메모했다.

첫 번째, 오리털 이불은 가볍고 따뜻하다.

두 번째, 정수기는 요즘 필수지 않냐.

세 번째, 휴대폰이 있지만 그래도 시계를 손목에 차면 급할 때 시간을 빨리 볼 수 있지 않냐. 나도 구식 시계 버리고 새것 찼다고 이야기할 것.

네 번째, 바닥에 미끄럼 방지가 되어 있는 스타킹은 또 얼마나 좋다고.

다섯 번째, 반상기 세트는 한 벌쯤 있으면 손님 접대용으로 좋지 않냐?

'오늘은 뭘 입고 가나?' 장롱문을 활짝 열고 해수는 짝이 맞지 않는 정장을 들었다 놓았다를 반복했다. 수수하고 단정한 게 제일이라고 강조했던 해수는 옷 입는 센스가 빵점이었다. 매번 출근 때마다 무슨 옷을 입을까 고민하는 시간이 많아 스트레스였다. 위아래, 한 벌로 된 정장을 사야 시간 낭비를 않을 것이었다. 여름 정장을 한 벌 더 사고, 다가오는 가을 준비도 해야 할 것이다. 저번에 해수와 남편이 구입한 물건으로 돌아온 수당이 월급으로 입금되어 시내에 돌아다니는 택시비를 내고 정장을 한 벌 살 정도는 되었다.

대기업에서 과장까지 지낸 남편이 쉬이 다른 직장을 구하진 못할 것이지만, 마지막 월급 통장엔 구조조정에서 밀려난 억지 퇴직금이 아직 사 개월은 버틸 정도로 있었다. 아껴 산다면 그렇다. 지금처럼 사람을 만나고 옷을 사고 어쩌다가 물건까지 더 사지 않는다면 말이다. 아직은 손해 보지 않으니 계속 밀고 나가야겠다. 그런데 해수는 미란에게 전화하기가 두렵다. 보통 때 같으면 아무런 문제 없이 전화 걸었을 텐데. 왜 지금은 가슴이 떨리고 전화기를 잡은 손조차 떨리는지 모르겠다. 복숭아밭에서 서리라도 하는 것처럼 말이다. 으흠, 으흠. 헛기침을 두어 번 하고 해수는 전화번호를 검색했다. 미란의 번호가 올라왔다. 인사를 먼저 하고 만나자고 말하면 끝날 것이다. 그런데 B시까지 가야 하는 것이 숙제였다. MD 남자가 리크루트 하는 방법을 가르쳐준 대로 오랜만에 차 한잔 하자라든가, 차라리 좋은 사업 아이템이 있는데 한번 들어볼래? 솔직하게 말을 하든

가. 그 친구도 전업주부로 시간이 있을 테고, 누구라도 돈을 벌고 싶어 하지 않으냐, 라고 말하면 되었다. 터치와 동시에 미란이 전화를 받았다. 남자가 가르쳐준 두 번째 방법으로 이야기를 했더니, 미란은 기회가 맞았는지 B시까지 가기로 약속했다.

백화점에서 산 정장을 차려입고 해수는 미란과 B시로 가는 버스를 탔다. 운전면허증이라도 취득해놓았으면 이럴 때 잘 써먹을 텐데. 사고가 무서워 운전을 아예 배울 생각도 하지 않은 것이 그녀의 불찰이었다.

"교육을 받아보니 어떠세요?"

MD 남자가 둥근 탁자 앞, 그 자리에서 해수에게 했던 질문 그대로 똑같이 했다. 그런데 반응은 해수와 정반대의 결과로 돌아왔다. 미란은 자리를 박차고 일어나며 사무실이 울리도록 말했다.

"이런 덴 줄 모르고 왔어요. 다단계잖아요! 사기……."

"필요한 물건을 사고, 써보고, 그 효능을 아는 분께 소개하는 것이 어째서 사기입니까?"

공간에 있던 사람들 모두 미란 쪽으로 시선이 몰렸다. 해수는 어쩔 줄 모르고 전전긍긍하다가 그녀 옆에 앉아 진정시키려 애썼다.

"필요한 물건이 있으면 사고, 없으면 나와 데이트했다고 생각하면 되지 않겠니?"

"야! 내가 지금 마음이 얼마나 힘든지 아니? 너는 정확히 알고 이것하고 있는 거니?"

"왜?"

"……."

미란이 다음 말을 하려다가 꿀꺽 삼켰다.

"그러지 말고 이거 한번 봐. 네게 필요한 것이 많을 거야."

해수에게 실망한 듯 침울하게 앉아 있던 미란은 열심히 팸플릿을 살피고 있는 옆자리의 사람을 한 번 힐끔 보더니 해수의 손가락을 따라 시선을 옮겼다. 무작정 사람을 데려다가 강제로 물건을 사게 하고, 또 사람들을 데려오게 하는, 자신이 가진 부정적인 생각만이 다가 아닌 것을 느낀 듯했다.

"변비에 효과 있는 유산균도 있고, 시린 이와 잇몸 염증에 좋은 치약도 있고, 찌든 때 말끔히 닦아주는 클리너도 있고. 또 불혹이 넘은 우리에게도 알맞은 종합비타민도 있잖니."

"너도 했니?"

"응, 나는 이것 말고 좀 큰 것들로 했어."

미란은 해수가 넘기는 팸플릿을 건성건성 보기 시작했다. 해수는 팸플릿을 넘기면서도 그녀가 어느 물건을 눈여겨보는지 살폈다. 미란이 치약과 유산균 그림에 눈을 고정하는 것 같았다.

"유산균도 좋고, 치약도 좋고."

한참 뜸을 들이던 미란이 입을 뗐다.

"유산균하고, 치약 한 세트……."

남자가 회원카드에 재빠르게 미란을 등록시켰다. 모두 합하니,

해수가 그녀에게 쓴 돈만큼이었다.

"내일은 U시 사무실로 가세요."

남자가 친구를 데리고 나가라고 눈짓을 했다. 해수는 미란의 팔짱을 끼고 사무실을 나와 뒷골목으로 갔다. 아직 점심을 먹기에는 좀 일렀다. 미란은 아무런 말 없이 그냥 걷기만 했다. 미란에게 뭔 말로 시작할까. 해수도 어색하긴 마찬가지였다. 그냥 점심을 먹는 게 분위기 전환에 적격인 것 같아 B시에 오면 늘 가는 식당으로 갔다.

"비빔국수 먹을래? 여기 비빔국수 유명해."

"들어오기 전에 물어야지. 벌써 들어오고서는……."

미란이 빙긋 웃었다. 해수도 마음이 조금 풀렸다. 점심을 먹고 시장통을 구경하고 또 차를 마시며 수다를 떨었다. 미란의 표정이 밝아졌다. 버스를 타고 돌아올 때는 처음 만났을 때처럼 깊은 우정 그대로인 것 같았다. 힘든 하루였지만 그래도 조금은 뿌듯했다. 비록 예비회원이지만 친구를 한 명 가입시켰으니 말이다. 내일 데리러 가겠다는 인사를 하고 택시비를 건네주고 보냈다.

이른 아침 해수는 사무실로 출근하지 않고 바로 미란의 집으로 갔다. 손에는 케이크가 하나 들려 있었다. 대문 앞에 서자 가슴이 콩닥거리기 시작했다. 초인종에 손을 올리고 몇 번을 망설였다. 미란이 있을까. 있다면 문을 열어 나를 반길까. 몇 초가 째깍째깍 흘러갔다. 더 망설이면 안 된다. 두드려라, 열리리라. 성경 말씀도 있지 않은가. 해수는 호흡을 가다듬고 초인종을 꾹 눌렀다. 딩동, 딩동. 몇 초가 흘러도 반응이 없다. 다시 눌렀다. 여전히 반응이 없다. 세 번이나 눌러도 기척이 없다. 입구를 나와 베란다 쪽으로 갔다. 커튼이 쳐져 있다. 아직 여름의 햇볕이 강하게 내리쬐는데 웬 커튼이란 말인가. 분명히 집에 있는 것 같았다. 해수는 전화기 버튼을 눌렀다. 신호가 갔다. 열 번도 넘게 전화벨 소리가 났지만, 미란은 전화를 받지 않았다. 어쩌면 좋을까. 이대로 돌아설까. 아니면 끝까지 기다려볼까. 아니야, 미란이 갑자기 일이 생겨 외출했을 거야. 황당하고 뭐라 설명할 수 없는 이 마음을 해수는 애써 위로했다. 일단 지금은 돌아가자. 나중에 다시 연락해보자. 해수는 씁쓸하고 허탈한 심정으로 사무실로 돌아왔다.

"친구는요?"

언제 이곳으로 왔는지, MD 남자는 해수의 마음을 아는지 모르는지 혼자 온 것을 섭섭해하는 눈치였다.

"집에 없어요!"

"그런 사람 많아요. 우리가 하는 일에 부정적인 사람이 대부분인 걸요. 사람들을 강제로 가입시켜 피라미드식으로 쌓아서 수당만 챙기는 걸로."

"이거나 드세요!"

해수는 남자의 말에 아무런 대꾸도 없이 케이크를 책상 위에 올려놓고 화장실로 갔다. 거울에 비친 해수의 모습은 처음 동생에게 불려갔을 때의 순수하고 밝았던 모습은 찾아볼 수 없었다. 짙어진 화장과 어색한 정장 옷에 몸이 맞춰지고, 어울리지 않는 일에 대한 불편한 얼굴이 거울에 비쳤다. 거울을 꿰뚫어 보던 해수는 마치 주술사가 가문 땅에 단비를 내려달라고 비는 것처럼 자기 주문을 외웠다. '아직 일 년도 채 안 되지 않았는가. 조금 더 노력해보자, 이제 방법을 바꿔보자. 남자에게 좋은 방법을 물어보고 다시 해보자.'

화장실을 나오자마자 케이크를 먹고 있는 남자에게로 갔다.

"어떻게 하면 잘할 수 있을까요? 알려주세요."

"M시나 D시에 친구들은 없나요?"

해수가 무릎을 탁 내리쳤다. M시에 여고 동창생들이 많이 살고 있지 않은가.

남자에게 오늘은 바로 퇴근한다는 말을 남기고 해수는 M시를 향해 버스를 탔다.

전화번호 목록에 있는 친구 중에 보험설계사를 하는 경숙을 떠올렸다. 경숙은 자신도 비슷한 영업일을 하니까 대화가 통하고 이런 일에 부정적이지 않을 것이다. M시에 내리자마자 경숙에게 전화를 걸었다. 경숙은 영업사원답게 곧바로 전화를 받았다.

"해수야, 마침 잘 왔다. 오늘 마감인데 보험 하나 들어주라. 한 건만 더 하면 기본 실적을 채우는데, 시간이 없다! 너 보험 필요하지 않니? 종신보험도 되고, 실비보험도 되고, 아니면 자동차 보험이라도."

경숙은 카페에서 채 자리도 정하지 않은 상태에서 총알같이 자신이 필요한 말을 쏟아냈다.

"어~."

해수가 우물쭈물 준비해 간 말을 하지 못하고 당황하자 그것이 대답인 줄 알고 경숙은 보험 자료를 펼쳐놓고 차를 시켰다. 혹 떼러 왔다가 혹을 붙여 갈 판이었다.

"자동차 보험이 끝나가긴 하는데."

속마음과 달리 해수는 경숙의 페이스에 완전히 말려들고 있었다. 그녀는 보험 경력이 십 년이 되었다고 했다. 십 년이 된 영업직 경숙과 이제 겨우 몇 개월밖에 안 된 애송이 해수, 이것은 게임도 안 되는 뻔한 결과였다. 그녀는 우리나라에서 제일 좋은 대기업 화재보험이라는 것부터 설명하기 시작했다. 또 보험료도 싸고 관리가 철저하며, 사고가 났을 때 즉시 달려가 번개같이 보상 처리를 해준다는 설명을 덧붙였다. 경숙의 설명은 보험에 대한 지식이 전혀 없는 해수를 넉다운시키기에 충분했다.

"알았어. 가입할게. 근데 말이야, 나도 너에게 할 말이 있어."

"뭔데? 공부만 하던 샌님께서 뭔 일을 하는데?"

해수는 입을 떼려다 말았다. 경숙을 설득하려다 오히려 설득당해 보험설계사로 끌려갈 것 같았다. 끝내 자동차 보험을 새로 가입하고 집으로 서류를 보내달라고 주소를 적어주고 카페를 나왔다.

해수는 씁쓸하고 허탈한 마음을 부여잡고 돌아오는 버스를 탔다.

차창 밖으로 노을이 지고 있었다. 붉은 노을빛이 해수의 가슴속으로 파고들었다. 송곳으로 찔린 듯 아려왔다.

발에 땀이 차도록 이 도시, 저 도시로 쏘다니며 리크루트를 했는데 돌아오는 발걸음은 언제나 허탈했다. 통장을 펼쳐보니 한 줄의 수입 밑으로 지출은 고층아파트처럼 빼곡히 쌓여 있고, 잔액에는 숫자 동그라미 하나가 휭하니 사라졌다. 수입은커녕 남은 돈은 달랑 한 달 생활비도 되지 않았다. 제품 구입비, 교통비, 점심값, 택시비, 커피값, 옷값, 구두값, 선물값으로 사라지고, 지인들과 친구들의 냉대 속에서 얻은 것은 무엇인가? 돈을 벌기 위해 시작한 일인데 돈을 얻기는커녕 오히려 돈은 없어지고, 친척과 친구와 지인들에게 불신만 쌓이고 있었다. 회원이라고는 겨우 남편과 친정 엄마와 예비회원 친구 한 명과 같은 교회 다니는 지인 한 명뿐이었다.

한때 구세주였던 동생은 일찌감치 손을 떼고 전화를 해도 받지 않았고, 두어 번 따라다니던 남편은 아예 '맞지 않는 옷을 벗어!'라고 경고했다.

"통장을 봐! 얼마가 사라졌는지!"

통장을 내동댕이치며 남편이 소리를 질렀다.

"그럼, 둘 다 놀 거야?"

해수도 악을 썼다.

"아무튼, 그만둬! 가만히 있었으면 지출이 탑을 쌓지는 않았을 것

아냐!"

더 대꾸할 힘도, 염치도 없는 해수는 소파에 쪼그리고 앉아 멍하니 텔레비전만 바라보았다. 일 년 가까이 쏘다니다 보니 아슬아슬남아 있던 체력도 바닥을 보이고, 머릿속도 텅 빈 것 같았다. 온몸으로 밀려드는 불안감에 후들거리고, 지독한 몸살에서 벗어나지 못하고 있는 것 같았다.

뒤척뒤척 불안한 밤을 보내고 해가 뜨기를 기다렸던 해수는 실을 꿰었으니 뭐든 기워야 하지 않냐며, 정말 마지막이라는 심정으로 친구를 리크루트하기 위해 D시로 향했다. 대학 때는 꽤 친했는데 타도시에 살다 보니 얼굴 보는 일이 드문 사이였다. 은지와 만나기로 한 카페 앞으로 아담한 저수지가 있었는데 경치가 참 좋았다. 낙엽이 날리고 있는 저수지에 눈을 두고 은지에게 어떻게 말을 이어갈까 생각에 잠겼다.

"해수야!"

은지는 반가움 반 의아함 반의 표정으로 다가왔다. 가슴 앞으로 아기를 안고 기저귀 가방을 등에 메고 헉헉댔다. 아뿔싸, 은지의 근황을 물어보지도 않고 불쑥 찾아온 것이었다. 리크루트 방법의 미숙이 곧 해수의 '사업 실패'라고 말하고 있었다.

"나, 늦둥이 낳았잖니. 아니 늦게 결혼했으니 늦둥이도 아니지."

멀뚱히 바라보는데 은지가 먼저 실토했다. 부끄러운 일도, 부도덕한 일도 아닌데 그녀는 변명을 하는 것 같았다. 분위기 파악하는

법을 익혀가고 있던 해수는

"아니, D시에 올 일이 있었어, 우리 만난 지 오래되었잖니."

라며 얼버무렸다.

"그렇지, 이 년 정도 되었지? 내 키우느라 갑갑했는데 오늘 실컷 수다 떨겠다."

은지의 말이 떨어지기가 무섭게 배냇머리가 뽀송뽀송한 아기가 칭얼댔다. 은지는 배낭을 열어 우유병을 재깍 아기 입에 쏙 밀어 넣었다. 아기를 어르며 우유를 먹이는 은지를 바라보는 해수는 자주 만나야 이런저런 이야깃거리가 넘칠 텐데, 딱히 이야기할 것은 없다고 생각했다. 타이밍이 딱 본론으로 들어갈 때였다.

"있잖니……."

뜸을 들이는 해수에게 눈치 빠른 은지가 또 선수를 쳤다.

"영미 말이야, 글쎄 며칠 전에 갑자기 만나자더니 유산균 한 통을 주면서 먹어보라더라. 다 먹을 때쯤 다시 온다고."

해수는 본론을 시작하지도 못하고 은지의 황당한 경험을 억지춘향 격으로 끝까지 들어주었다. 오늘도 틀렸다. 이미 영미가 손을 쓴 은지에게 리크루트하는 걸 포기했다. 찻값, 점심값을 계산하고, 아기 내의 한 벌까지 선물하고 돌아오는 버스를 탔다. 새삼스러울 것도 없이 지는 노을은 심란했다.

집으로 돌아온 해수를 반기는 것은 화난 남편의 냉대뿐이었다.

"퇴직금 다 날아가고! 남은 거라곤 이 아파트뿐인데, 이것까지 날릴 거야?"

안방으로 들어간 남편은 해수의 옷을 작은방에 휙 던져놓고 아들까지 데리고 들어가버렸다. 문을 잠그는 소리가 칼날 같았다. 유순하기 짝이 없는 남편이 불같이 화를 내고, 방에서 쫓아내는 것도 처음 있는 일이었다.

해수는 불안한 밤을 내내 뒤척였다. 잠이 올 리 없었다. 얼마가 흘렀는지 작은 창문으로 달빛이 슬며시 들어왔다. 마치 동굴 속 바위틈으로 손톱 같은 노란 달빛이 들어오는 것 같았다. 순간 달빛을 가리고 무언가 흔들렸다. 알 수 없는 형체에 긴장감과 함께 소름이 돋았다. 언뜻 달빛에 보이는 그것은 허연 머리를 길게 늘어뜨린 여자였다. 여자가 뚫어지게 바라보았다. 두려움에 떨고 있는 해수에게 여자가 속삭였다. '성실한 시간과 정직한 노동력으로 돈을 벌어야지, 일확천금을 꿈꾸다 가진 돈 다 날리고, 지인들에게 불신만 쌓이고, 꼴 좋다! 망했다!' 이제 헛것도 보이는 것인가. 갑자기 여자가 연기처럼 사라졌다. 해수는 동굴 속에서 노란 빛을 따라 나오려고 헛손질을 해댔다. 바닥이 드러난 체력 때문인지 온몸은 땀으로 그득했다.

날이 밝도록 환영에 시달린 해수는 퀭한 눈으로 아침 밥상을 준비한다. 아들이 학교에 가고, 혼자서 쓴 밥을 다 먹을 때까지 남편은 안방에서 나오지 않는다. 더 망가질 순 없다. '달콤한 유혹에서 벗어

나야 한다. 사지도, 팔지도 않는 예전의 꼰대, 나로 돌아가야 한다.'

해수는 남편이 던져놓은 반코트에 청바지를 입고, 발목까지 오는 단화를 신고 집을 나선다. 일 년에서 일주일 남은 반품 기간에 맞춰 아직 찾아오지도 않은 남편 몫으로 산 제품이라도 돌려줘야 한다. 반값이라도 챙겨야 한다.

"해수 씨, 이제 고생 다 하고 남은 건 황금알을 낳을 때만 기다리면 되는데…… 그러지 말고 조금 더 해봅시다."

MD 남자가 따뜻한 차를 내밀며 해수를 붙잡았다. 해수는 황금알이란 말이 자꾸 귓전을 맴돌아, 반품 명세서에 서명을 하려다 말고 주춤했다.

"사업 방법도 다 익혔고, 이대로 그만두면 보낸 사계절이 아깝잖아요."

남자는 해수가 서명을 멈추고 아무런 일이 없었다는 듯, 또 리쿠르팅 가기를 간절히 바랐다. 해수는 '맞지 않는 옷을 벗어'라고 한 남편의 말과 황금알과의 사이에서 고민에 빠졌다. 해수는 서명란에서 손을 멈추고 한참을 머뭇거린다.

사무실 밖은 봄기운이 스멀스멀 올라오고 있었다. 꽃샘바람이 얼굴을 스쳤다. 해수는 거리를 걸었다. 거리는 낯설었다. 동굴 속 어딘가에서 지독한 해수에 시달리다 동굴 밖으로 나온 듯했다. 머릿속은 텅텅 비었고, 콧속도 맹맹했으며 다리는 해수를 겨우 지탱했다. 딩동, '내일 출근 할 거죠?'라는 문자가 떴다. 해수는 MD 남자의 전화번호를 수신 차단하고 휴대폰을 길거리 쓰레기통에 던져버렸다. 지독한 해수병(咳嗽病, 기침병)이 사라진 듯, 목구멍으로 스치는 꽃샘바람이 알싸했다.

해바라기

햇살이 따스하다. 강가로 스치는 바람이
많이 순해졌다. 한동안 얼어 있던 강물도 다 녹았다. 물고기가 폴짝
뛰어오른다. 겨울 가뭄에 강폭은 좁아졌지만 물고기에게 놀이터를
제공하는 강물은, 쓰다 버린 몽당 빗자루 같은 나와는 다른 것 같다.
휠체어를 굴려 비닐 천막 속으로 들어간다. 양쪽에서 강바람을 막아
주고, 강물이 흘러가는 앞쪽은 훤하다. 게다가 적당한 햇볕이 굳은
마음까지 풀어준다. 금상첨화다. 지나가는 사람들이 오십 미터 간격
으로 내 시야를 가린다. 노란 체육복을 입은 청년이 뛰어간다. 검은
패딩을 입은 삼십 대쯤의 여자는 빠르게 걸어간다. 생생한 다리로
걷지 못하는 나는 생생한 다리로 씩씩하게 걷고 있는 저들이 마냥
부러울 뿐이다. 사십 대쯤으로 보이는 여자는 발뒤꿈치만 땅에 닿
을 듯 말 듯하고, 팔을 사십오 도로 꺾어 흔든다. 빨간 점퍼를 입은

이 여자가 씩씩하게 걸어가다가 나를 스윽 쳐다본다. 나는 눈을 감아버린다. 빨간 점퍼의 여자가 눈앞에서 그림자를 드리우며 서서히 다가온다. 여자의 씩씩한 모습이 젊은 날의 나를 보는 듯했다. 아들이 우리나라에서 제일 좋은 대학에 붙었다고, 동네잔치를 하던 때가 떠오른다. 사십 년도 넘은 일이다. 좁은 읍내에서 용이 났다고, 남편은 이웃사람들을 불러 막걸리깨나 마시며 어깨를 으쓱거렸다. 읍내 입구에 합격을 축하하는 플래카드가 걸리고, 읍장까지 축하해주었을 때, 남편과 나는 세상을 다 얻은 듯했다. 꽹과리를 울리며 덩실덩실 춤을 추던 남편이 떠난 지 벌써 삼십 년이 지나 나는 그동안 외로움과 우울함이 온몸에 덕지덕지 붙었다. 누군가 내 앞에 온 듯하다. 나는 놀라 눈을 번쩍 뜬다. 머쓱해하는 오십 대 아주머니가 아, 하는 소리를 토해내며 미소를 짓고 있다. 아마도 내가 기절했다고 생각한 모양이다. 확인이 끝났으니 다행이라는 듯 총총총 걸어간다. 나는 아무렇지도 않은 척 허리를 곧게 펴고 앞을 바라본다. 아직 해는 중천에 가지 않았다. 정오의 해가 가장 뜨겁다. 정오를 지나 두 시가 되면 해는 젊은 날의 그것처럼 정열적이다. 따스한 햇살은 외로움과 고독과 우울함이 더께더께 앉은 내 마음을 가볍게 한다. 사흘을 해바라기하니 홑이불을 한 겹 걷어낸 듯 했다. 일주일을 하니 불안감으로 짓누르는 돌덩이를 걷어낸 듯 가벼웠다. 석 달 정도면 새털처럼 가벼워 날아갈 수도 있을 것이다. 해바라기의 절정에 도달하려면 조금 시간이 남았는데 배에서 꼬르륵 소리가 난다. 요양보호사가 해놓은 닭죽을 먹어야겠다. 휠체어 고정 레버를 풀고 경사진 길을 내려온다.

큰길이 끝나고 좁은 골목길로 들어선다. 휠체어가 벽에 부딪히지 않게 운전을 잘해야 한다. 빌라 입구 턱에 도착했다. 더 이상 휠체어가 들어갈 수 없다. 빌라 모서리에 세워둔 지팡이를 잡고 일어선다. 족히 오 분은 걸린 듯하다. 휠체어는 벽 쪽으로 대강 밀어놓고, 대여섯 걸음밖에 되지 않는 현관 앞까지 아기가 걸음마하듯 걸어간다. 주머니에 넣어둔 열쇠를 꺼내 문을 연다. 햇볕이 잘 들지 않는 일 층 빌라는 곰팡이 냄새가 스멀스멀 코 주위로 몰려들지만, 그래도 따뜻한 온기가 있다. 요양보호사 덕분이다. 방 하나, 조그마한 소파를 놓을 수 있는 거실, 식탁이 중간에 놓여 있고 싱크대가 일자로 붙은 주방. 이십 년을 혼자 사는 데 불편하지 않았다. 적어도 손과 다리가 내 멋대로 움직일 때에는 그랬다.

왼손은 벽을 짚고 오른손으로 냉장고에 넣어둔 밥 같은 닭죽을 꺼낸다. 그것을 냄비에 붓고 물도 조금 붓는다. 가스불에 올려놓는다. 그새 다리가 후들거린다. 식탁의자에 앉으려다 오줌을 누러 두 손으로 벽을 번갈아 짚으며 화장실로 간다. 잠깐 사이에 가스레인지에 올려놓은 냄비에서 톡톡 닭죽 끓는 소리가 난다. 다시 일어나 아까와 반대로 번갈아 벽을 짚으며 냄비 쪽으로 간다. 가스불을 끄고 대접을 찾으려 싱크대 문을 연다. 삼층으로 포개어 있는 대접을 하나 꺼낸다. 국자로 서너 번 닭죽을 대접에 퍼 담는다. 여전히 왼손이

하는 일은 식탁을 짚는 일이다.

닭죽은 맛있다. 누룽지나 찹쌀죽에 비하면 고급 음식이다. 몸이 늙으니 위도 늙어 죽밖에 먹을 수 없다. 허리와 다리는 고장 나고, 그나마 가장 건강한 것은 머릿속이다. 기억이 뚜렷하고 젊었을 때의 일이 아직 생생하게 그려진다. 자식들이 요양병원에 가라고 자꾸 권하지만 정신이 멀쩡하니 가기 싫다. 그곳은 정신이 오락가락하고 몸을 완전히 쓸 수 없을 때에만 가는 곳이다. 내가 요양병원에 가야 하는 건 그렇게 되었을 때쯤이다.

설거지거리들을 개수대에 던져놓고 소파에 가서 앉는다. 요양보호사가 주변을 깨끗이 정리해놓아 정신 사납지는 않다. 변기에 오물이 묻어도 물로 대충 헹굴 정도였는데, 그녀가 소독하고 솔로 깨끗이 청소하여 화장실이 깨끗하다. 방에도 침대와 작은 장롱 하나만 남기고 모두 버렸다. 바닥을 쓸고 닦아 방에 들어가도 기분이 좋다. 거실에 걸려 있던 여러 잡동사니들은 다 걷어버리고 큰 액자만 하나 남겨놓았다. 벽에 걸려 있는 큰 액자도 두텁게 앉았던 먼지를 닦아내어 유리가 반들반들하다.

액자 속에는 내가 들어 있다. 다섯 명의 아이들과 손자들과 내 형제들이 가득히 들어가 방실방실 웃고 있다. 다섯 아이들의 대학 졸업사진이 맨 위에 붙어 있다. 내가 가장 젊고 내가 가장 행복했을 때다. 아이들이 씌워준 학사모를 쓰고 남편과 활짝 웃고 있는 내가 정말 그립다. 돌아갈 수 없어 더욱 그립다. 큰아들 내외와 두 손자가 방긋 웃는 사진 옆으로 작은아들 내외, 그리고 큰딸과 작은딸 내외가 크게 다르지 않은 모습으로 사진 속에서 웃고 있다. 옆에 조그맣게 붙은 사진 속 내가 중늙은이 모습으로 혼자 덩그러니 서 있다. 아무런 표정을 읽을 수 없다.

한 칸 아래로 칠순잔치를 하는 상이 차려져 있다. 역시 나는 혼자이다. 외롭기 그지없다. 웃는 것인지 우는 것인지 알 수 없는 표정이다. 혼자 살면서 뭔 칠순잔치를 벌이냐고 형제들이 타박했다. 그래도 나는 하고 싶었다. 외로우니까, 우울하니까. 칠십 년 만에 한 번 하는 나를 위한 잔치를 하고 싶었다. 변변하게 언니 노릇도 못 했고 변변하게 웃어른 노릇을 못 했기 때문에 그리고 이웃에게 내 아이들을 자랑하고도 싶었기 때문이다. 이렇게 번듯하게 나를 위해 아이들이 잔치를 벌여준다고. 내가 사는 이웃을 위해서 잔치를 벌였고, 일부러 형제들이 사는 도시에 가서 거나하게 상을 차리고 친척들을 초대했다. 나는 무척 들떠 있었고 즐거웠다. 언제나 아이들이 삶의 중심이었고 형제들의 맏이로 헌신하고 살았다. 그게 나였다. 적어도 남편이 죽기 전까지는 고생이라 생각하지 않았다. 그런 삶을 한 번도 원망하거나 이상한 삶이라고 생각하지 않았다. 이러한 희생은 곧 나의 미래였고 나의 희망이었으며 나의 노후 대책이었다.

잔칫상을 차리고 다섯 아이들과 여러 형제들이 모여 축하해주었을 때 '이것이 내가 살아온 날의 보상이구나. 내 삶의 훈장이구나'

하고 무척이나 즐거웠다. 그때 잠깐뿐이었다. 잔치가 끝나고 돌아와 혼자 덩그러니 앉아 있으려니 허무하고 헛헛함이 이루 말할 수 없이 밀려들었다. 화려함 뒤에 오는 공허함과 외로움은 잔치를 하지 않은 것보다 못했다. 나는 그날 혼자 눈물을 흘리며 잠자리에 들었다. 같이 살던 막내딸이 시집을 간 후라 더욱 괴로웠다. 다음 날부터 나는 노인회관과 복지관을 내 집 드나들듯이 했다. 더 늙은 이가 가는 곳이라고 멀리하며 가지 않았는데 나도 노인이 되었구나를 느끼는 것은 가벼운 어떤 것이었다.

나는 노인이 되기 싫었다. 나는 늙어도 팔다리가 건강하고 정신이 멀쩡할 것이라 자신만만했다. 젊은 날 장사를 하며 세상 구경을 많이 했고 자식들을 위해 헌신하며 살았기 때문에, 그것이 나이는 들지만 나를 지켜줄 것이라 생각했다. 몸을 많이 써 단련이 되어서, 세월이 그것을 훔치러 와도 나의 단단한 정신과 몸을 보고 달아나버릴 것이라 생각했다. 그것이 나의 오만이었다고 느꼈던 것은 팔순잔치 때였다.

한 칸 아래로 팔순잔치 사진이 있다. 파아란 한복을 입은 내가 아이들의 돌잔치에 쓰는 모형 음식들 앞에 앉아 있다. 눈가로 흘러내린 주름과 검버섯, 코밑 양쪽으로 길게 늘어진 주름에 턱밑까지 살들이 축 처진 내가 있다. 게다가 한쪽 어깨는 기우뚱 아래로 내려앉은 듯 좌우대칭이 맞지 않다. 사진 속에 나는 그것이 보기 싫어 고개를 숙이고 있다. 왜 저런 것은 내 눈에 더 선명하게 보이는지 모르겠다. 나는 아직 사십 대 같은데, 아직 팔팔하게 걸어 다닐 수 있을 것만 같은데 말이다.

그래도 육 년 전, 사진 속의 나는 지금의 나보다 젊고 건강했다. 혼자서 버스를 타고 아들네 집에 갈 수 있었고, 혼자서 시장을 봐서 가끔 오는 딸들에게 맛있는 것도 해줄 수 있었다. 그런데 지금의 나는 혼자서 버스를 타지도, 혼자서 시장을 봐 와서 딸과 사위를 맞을 수도 없다. 나는 그냥 살아만 있는 것이다. 방을 혼자 치울 수도, 주방에서 요리를 할 수도, 화장실도 상쾌하게 청소할 수 없다. 고작 한다는 게 해놓은 밥 챙겨 먹기와 혼자서 겨우 화장실 가기이다. 바깥 외출은 휠체어를 타고 나가 해바라기하며 세상 구경을 하는 것이 전부가 되어버렸다.

작년, 공원에서 어떤 노인이 말했다. '그래도 저승보다는 이승이 낫다'고. 그래, 저승보다는 이승이 낫겠지. 살아서 해바라기하며 세상구경이라도 할 수 있으니 말이다. 공원의 노인들은 나에게 자식 복이 많다고 했다. 큰아들은 변호사이고, 작은아들은 공무원이니 생활비를 꼬박꼬박 주지 않냐, 그리고 딸들도 애먹이지 않고 잘 살아주고 있으니 그렇다는 것이다. 그래 그럴 수도 있다. 나는 자랑스러움을 주는 자식보다 가까이서 애정을 주고 따뜻하게 나를 돌봐주는 자식이면 좋겠다. 그렇게 말하면 노인들은 호강스러운 소리 말라고 한다. 나는 별로 호강스럽지 않다. 경제적인 걱정이 없는 외에는 불행이라면 불행이다. 외롭게 혼자 살아온 세월이 너무 길기 때문이

다. 혼자 밥을 먹는 것도 지겹고, 혼자 잠자는 것도 외롭고 대화 상
대도 그립다. 이제 마음대로 다닐 수 없는 몸이 되었으니 더욱 우울
하다.

"띠리리, 리리리 리리리리. 띠리리 리리리 리리리리."

회사에서 보내는 파견 근무로 일본에 사위 따라 간 딸에게서 전
화가 왔다.

"엄마, 저녁은 드셨어요?"

"먹을라 한다. 별일 없나?"

"예, 엄마. 허리는? 다리는? 좀 어때요?"

"아이고, 죽겠다. 혼자서 자박자박 걷고 싶은데, 휠체어를 안 타
면 도통 움직일 수가 없다. 답답하고 갑갑하고, 어쩌면 좋겠노?"

"나이가 들어서 그런걸. 병원에서는 뭐라고 하세요?"

"무릎 수술은 잘 되었으니, 시간이 지나면 나아진다는구나."

"휠체어만 자꾸 타지 말고 지팡이를 짚고라도 자꾸 걷는 연습을
해야 할 텐데."

"아이고, 모르는 소리 하지 마라. 내가 얼마나 노력한다고."

"이제 목욕탕, 혼자 가지 않지요?"

"에고, 어림없는 소리다. 계단에서 넘어져 무릎이 이리 깨졌는데,
혼자 가겠나? 언제 한번 올래?"

"코로나 때문에 꼼짝할 수가 없어요."

"그래, 그렇구나."

"엄마, 죽이라도 꼬박꼬박 드시고 건강 회복에만 신경 쓰세요."

"그러고 있다. 요양보호사가 잘 해준다."

"다음에 또 전화할게요. 그럼 엄마, 끊을게요."

"그래, 보고 싶은데······."

남들이 말하는 잘 키운 딸, 잘 키운 아들은 멀리서 바라보고 마음만 좋을 뿐이다. 나는 못나고 못살아도 내 옆에서 나를 외롭게 하지 않는 자식이면 좋겠다.

거실 문 밖으로 땅거미가 스멀스멀 내려앉는다. 어둠이 싫다. 언제부턴가 밤보다 어둠이 내려앉을 때 모든 외로움의 고통이 엄습했다. 고민거리가 생기면 가끔 찾아오던 딸들도 오지 않으니 더욱 고통스럽다. 담 넘어 앞집에서 압력밥솥 돌아가는 소리가 칙칙칙 들린다. 곧 있으면 고소한 밥 냄새가 창을 뚫고 들어올 것이다. 아직 영감이 살아 있다고 투덜대면서도 꼬박꼬박 새 밥은 하는 모양이다. 엄습해오는 고통을 덜어내는 데는 엉뚱한 곳에 눈을 돌리고 엉뚱한 생각을 하는 것이 좋다. 이것도 안 되면 텔레비전을 크게 틀어놓고, 남편이 좋아했던 〈꽃마차〉 노래라도 흥얼거리면 조금 나아진다. 오늘도 그 〈꽃마차〉를 신나게 흥얼거려야겠다. '하늘은 오렌지색, 꾸냥의 귀걸이는 한들한들, 손풍금 소리 들려온다. 방울 소리 들린다.'

"할머니, 저 왔어요."

"귀 안 먹었어! 조용히 불러."

나는 화장실에서 볼일을 보다 놀라 일어나려 하지만 팬티가 다리에 걸려 앉지도, 제대로 서지도 못한다. 몸을 기우뚱대자 보호사가 후다닥 다가온다.

"할머니, 오늘은 목욕 가는 날이죠?"

큰일에 대한 준비를 단단히 한 듯 팬티를 올려주는 그녀의 손에 힘이 잔뜩 들었다.

"그렇지, 오늘이 목요일이제."

"할머니는 피부가 참 좋으셔."

바지를 마저 올려주며 그녀가 놀림 같은 칭찬을 한다.

"지금 피부가 좋으면 뭐 하누? 어디다 써먹을라고."

"어머나, 할머니. 아직 고우세요. 시집가도 되겠어요."

"에고, 망측해라, 늙은 노인네, 그만 놀려!"

나는 목욕 도구를 챙기는 보호사를 우두커니 바라보고 있다. 앉아 있으면 편하지만 사이사이 서 있는 연습을 해야 한다. 벽을 짚고 보호사가 움직이는 쪽으로 눈도 따라가기 바쁘다.

나를 휠체어에 앉힌 보호사가 나를 밀고 좁은 골목길을 나간다. 목욕탕은 두 블록 떨어진 곳에 있다. 차가운 공기가 눈만 내놓은 그곳으로 스친다. 눈물이 찔끔 난다. 보호사가 휠체어를 보관소에 맡기는 동안, 왼쪽 무릎이 깨진 계단을 내려다본다. 진즉 보호사와 같이 왔으면 휠체어까진 타지 않았을 것이다. 계단을 보니 온몸에 소름이 돋는다. 나는 한쪽 손으로 지팡이를 더 움켜잡는다. 목욕탕 입구 벽에 몸을 의지한 채 한쪽 다리를 들었다 놓았다를 반복한다. 무서웠던 기억을 이기고 이렇게라도 하면 빨리 회복되어 혼자서 얼마쯤의 거리라도 걸을 수 있을 것이다.

목욕탕 안은 텅텅 비었다. 코로나 전염병 때문이다. 보통 때 같으면 벌거벗은 사람들로 복작거렸을 것이다. 목욕탕을 전세라도 얻은 듯 넓디넓은 탕 안에서 벌거벗은 두 여자가 몸을 적신다. 보호사가 간이 의자에 나를 앉힌다. 목욕 타월이 내 어깨를 지나간다. 빗자루로 쓰는 듯 시원하다. 나는 보호사가 하는 대로 그냥 내버려둔다.

"할머니의 기억력과 말씀하시는 것은 아직 사십 대라 해도 믿겠어요. 옛날 일을 다 기억하시고, 말씀도 얼마나 잘 하시는지, 선생님이나 작가 하셔도 되었겠어요."

"우리 어무이가 공부를 쪼매마 더 시켜주었어도. 이렇게 늙어가지 않았을 것이여."

"할머니 어릴 때는 잘살았나 봐요?"

"그랬지, 우리 아버지가 그 옛날에 면장이셨지. 어무이가 날 보고 동생들 거두고 집안일 도우라고 학교를 안 보낸 겨. 그래서 중학교 댕기다 말은 겨."

"그래도 그 시절에 중학교 다녔으면 많이 배운 거예요."

"그럼 뭣 혀, 서울에서 유학하다 내려온 선비라고, 그것 하나만 보고 날 시집 보냈지. 그게 문제였지. 뭘 해 먹고 살어! 농사는 젬뱅

인디. 논 팔고 밭 팔고 할 게 없어 읍내로 나와 자전거포를 열었지. 나는 잡화상을 하고. 영감 죽고 나서 자전거포는 팔아버렸고, 혼자서 잡화상을 운영하다가 아들들이 생활비 줄 테니 그것도 하지 말라데? 그래서 지금 이 집으로 이사 와서 이렇게 살고 있는 거."

목욕탕 안에 두 여자의 대화 소리가 웅웅 메아리처럼 울렸다.

"이제 그만혀, 어지러워."

"아, 네."

보호사는 나를 목욕탕 가장자리로 밀치고, 자신의 몸을 씻기 시작한다. 바가지에 물을 담아 머리에 내리붓고는 목욕 타월에 바디워시를 발라 온몸을 쓱쓱 문지른다. 젊은 몸이다. 나와는 비교할 수 없다. 살집도 적당하고 복스럽게 보이건만, 남편을 잃은 여자는 서럽다. 직업 없이 전업주부로만 있었던 것이 원인이다. 아직 대학생 딸이 있다고 했다.

드레스룸으로 나온 나는 평상에 앉아서 머리를 말리고, 그녀는 거울 앞에 서서 드라이어로 머리카락을 휘날리며 열심히 머리를 말리고 있다. 아직 젊은데 혼자 사는 그녀가 애처롭다. 오늘은 수고비를 따로 줘야겠다.

"할머니, 저녁은 제가 챙겨드리고 갈게요."

"아녀, 같이 먹고 가."

"안 돼요. 규칙이 케어하는 사람 집에서 밥을 먹으면 안 되는 걸로 되어 있어요."

"그래도 우리네 인정이 그렇나. 먹고 가요."

"그럼, 닭죽이 아직 남았으니 다 먹고, 다른 걸로 해놓고 갈게요."

"그려."

보호사는 닭죽을 가스불 위에 올려놓고 냉장고에서 문어를 꺼낸다.

"할머니, 오늘은 문어죽을 해놓을게요."

"그거 좋지! 내 젊었을 때, 기운 떨어지면 문어죽을 해 먹곤 했지."

나는 보호사의 말을 잘 들어야 한다. 나를 돌봐주는 대가를 꼬박꼬박 지불하고 있지만 그녀가 나의 다리이고 나의 손이기 때문이다. 불만이 없는 것은 아니지만 그것을 밖으로 드러내는 날, 나는 바로 손도발도 없는 노인이 된다. 나는 어느 무인도에 떨어진 늙은이가 되는 것이다. 아, 생각도 하기 싫다.

나는 문어죽을 끓이고 있는 보호사의 가방에 오만 원 지폐 한 장을 쑤셔 넣었다. 손에 쥐여주면 안 받을 것 같다. 규칙 때문에 밥도 같이 먹지 않으려 하는데 따로 수고비를 받지 않을 것이 분명하다.

보호사가 돌아가고, 나는 텔레비전을 켠다. 외로운 밤의 유일한 나의 벗이다. 볼륨을 크게 틀어놓고 침대에서 모로 누워 드라마를 본다. 장애를 가진 남자가 갑자기 똑똑한 사람이 되어 나타나고, 자기 엄마를 해하고 자신을 폭행해 내다버린 사람들을 찾아 응징하려 하는 드라마이다. 결말이 뻔한 이야기이지만 재미있게 보고 있다. 악역의 여자가 표독하게 그려진다. 목이 탄다. 옆에 놓인 물 컵에 물을 따라 홀짝홀짝 마신다. 눈은 드라마 속에 있다. 눈을 뗄 수 없다.

어느새 나는 잠이 들었다. 꿈에서 내가 다급하게 화장실을 찾고 있다. 아무리 화장실을 찾아도 없다. 오줌은 곧 흘러내릴 듯하다. 어디에서든 오줌을 누려 하지만 나오지 않는다. 그러다 텔레비전의 노랫소리에 놀라 깬다. 열두 시가 넘었다. 화장실을 가야 한다. 곧 나올 것만 같다. 늙고 싶지 않은 방광도 늙었다. 오백 밀리리터를 저장한다는 방광이 이백 밀리리터도 저장하지 못 해 자주 오줌을 누어야 한다. 나는 허리를 접고 앉는 데까지는 잘한다. 다음이 큰 숙제이다. 방 안의 불을 켜야 하고, 지팡이를 잡아야 한다.

침대 밑으로 다리를 내리고 왼손으로 침대 난간을 잡고 일어선다. 아악, 오른쪽 발목이 접히고 나는 엉덩방아를 찧고 주저앉고 말았다. 어쩌면 좋을까. 엉덩이가 쑤셔온다. 아무래도 엉덩이가 깨진 듯하다. 나는 조금 통증이 가실 때까지 엉거주춤한 자세로 앉아 있다. 아픔이 쉬이 가시지 않는다. 아무래도 뭔 일이 단단히 난 모양이다. 나는 거북이처럼 엉금엉금 기어서 방에 불을 켜려고 스위치가 있는 곳으로 간다. 벽을 짚고 일어서려다 꽈당, 한 번 더 넘어진다. 아, 나는 이러다 엉덩이가 깨져 죽을 것이다. 조금 전보다 통증이 더 심하다. 안 되겠다.

나는 핸드폰을 더듬더듬 찾는다. 텔레비전 불빛에 핸드폰이 보인다. 텔레비전 앞으로 기어간다. 폰 뚜껑을 열고 일 번을 누른다. 한참 만에 요양보호사의 목소리가 들린다.

"여보세요."

"나여."

"어머 할머니, 뭔 일 있으세요?"

"나 좀 살려줘! 우리 집으로 좀 와줘요."

"네?"

나는 보호사가 부른 응급차에 실려 가까운 병원으로 왔다. 응급실은 있지만 작은 병원이라 나의 상태를 잘 알 수 있을까 싶다. 아니나 다를까 하얀 가운을 입은 의사는 보호사에게 말한다.

"할머니는 아무래도 골반과 고관절 쪽에 문제가 생긴 것 같아요. 제가 응급처치로 진통제는 놓아드렸지만 날이 새면 큰 도시 병원으로 가서 정확한 진단을 받아야 할 것 같아요."

"네."

나는 하얀 천장을 바라본다. 아니 보이는 것은 하얀 천장뿐이다. 네모반듯한 석고판 같은 것이 일렬로 한 칸 두 칸 세 칸 반까지 보인다. 나는 아직 정신은 멀쩡하다.

"할머니, 아들을 부를까요?"

나는 선뜻 대답하기 싫다. 가뭄에 콩 나듯 오기만 하면 돈 몇 푼 쥐여주고는 요양병원에 가라 한다. 내가 원하는 것은 그게 아닌데 나는 요양병원에 갈 때 가더라도 따뜻한 말 한마디 듣고 싶다. '어머니, 제가 모시고 싶은데, 그게 제 뜻대로 안 되네요'라든가, '제가 하룻밤이라도 어머니 곁에 자면서 보살펴드릴게요.' 나는 이런 말이 듣고 싶다.

"할머니, 어떻게 할까요? 제가 계속 여기 있을 수가 없어요."

보호사의 사정을 알고 있다. 내 고집만 우겨서 될 일이 아니다. 나는 내키지 않지만 아들의 전화번호를 알려준다.

"제가 알고 있습니다. 날이 밝아오니 지금쯤 전화하면 될 것 같아요."

전화를 한 지 서너 시간이 지나자, 제일 가까이 살고 있는 작은아들이 달려왔다.

"엄마는, 조심을 하셔야지요."

아들의 첫마디다. 나는 눈물이 울컥했다. 서럽다. '이러고 싶어 이러냐, 아프고 싶은 사람이 누가 있냐!' 소리라도 지르고 싶다. 그런데 나는 소리를 지를 수 없다. 지금은 내가 스스로 할 수 있는 일은 숨 쉬는 일밖에 없기 때문이다.

"큰 병원으로 가야 한대요."

"그래, 내가 조심하지 않아서……."

나는 아들에게 짐이 되는 게 아닐까 염려되어 하고 싶지 않은 말을 흘린다. 그러고는 나는 아들이 하자는 대로, 의사 선생님이 가라는 대로 또 앰뷸런스에 실려 간다.

"수술을 해야 합니다."

귓바퀴를 맴도는 소리에 나는 눈을 뜬다. 큰아들과 작은아들이 의사 선생님과 얘기 중이다.

"의사 선생님이 시키는 대로 해야지요."

"엄마, 이번에는 오른쪽 골반과 연결되는 고관절에 금이 갔대요."

작은아들이 나도 들은 말을 전한다. 다행이다. 대퇴가 부러지면 곧 죽는다고 했는데, 그건 아니구나. 나는 아직 살 수는 있는 것이다.

"곧 수술을 해야 한대요. 금 간 고관절을 붙이는 수술요."

무뚝뚝한 큰 아들이 나를 내려다보며 하는 말에 나는 그간의 서러움이 북받쳐 와 눈물이 왈칵 쏟아졌다. 왼쪽 무릎이 깨지더니, 이번에는 오른쪽 고관절에 금이 갔다. 나는 서서 다닐 수 없는 걸까? 내가 혼자 살아가는 데 가장 자신만만한 것들이 하나둘, 사라지고 있다. 나는 고개를 돌리고 한참 울었다. 아들은 보기 싫은지 나가버린다.

눈을 떴다. 병실에 덩그러니 내가 누워 있다.

"깨어나셨네요?"

나를 돌봐주는 요양보호사다.

"수술은 잘 되었대요."

눈만 떴지, 내 몸은 아직 마취가 풀리지 않아 반쯤 죽어 있다.

"두어 시간 지나면 마취가 다 풀린대요."

나는 주위를 두리번거린다. 두 아들은 보이지 않는다. 또 나를 요양보호사에게 맡겨놓고 어디로 갔을까?

"두 아드님은 일요일에 다시 오신다고 하셨어요. 저보고 그동안 돌봐주래요."

보호사는 내가 두리번거리는 이유를 알고 있었다.

"따님이나 아드님만 못해도 제가 잘 돌봐드릴게요. 할머님을 육 개월이나 돌봐왔잖아요."

"그래도 병원에서까지⋯⋯. 미안해서 어쩐데요."

나는 침대를 가로질러 아래로 뻗어 있는 오줌 줄기를 바라보며 말한다.

"아드님이 수고비를 두둑이 챙겨주셨어요."

미소를 띠고 말하는 보호사가 내 자식보다 낫다는 생각을 한다. 나는 그녀에게 따뜻한 미소를 보냈다.

나는 이제 누워서 오줌을 누지 않는다. 보행기에 몸을 기대고 화장실에 갈 수 있게 되었다. 일주일 동안 보호사의 부축을 받으며 일어나기를 반복하고 침대 아래 슬리퍼를 당겨와 신기를 몇 번 반복한 결과이다. 보행기에 의지해 화장실로 간다. 보호사가 따라온다. 그녀를 뿌리친다. 탕비실로 쓰는 휴게실이 보이고 커튼이 반쯤 가려진 탁자 위에 커피를 가운데 놓고 두 사람이 이야기하는 중이다. 나는 바로 붙은 화장실로 보행기를 끌며 들어간다.

팬티를 조심조심 벗고 변기에 앉았다.

"형님이 어머니 좀 돌보세요!"

"야, 너네는 둘 다 직장 생활 한다고 엄마가 너희 집 애들을 몇 년을 봐줬니? 그런데도 니가 그런 말을 해?"

"형님은 맏이잖아요. 엄마, 아버지가 얼마나 큰 기대를 걸었는데요. 사랑도 혼자서 독차지해놓고, 이렇게 나 몰라라 하세요?"

아, 나는 듣지 말아야 할 소리를 듣고 있다. 분명 내 아들들의 목소리인데 나는 내 아들들이 아니라고 부정하고 싶다.

"요양병원에는 안 가신다잖아요!"

"그러니까, 너희 집에서 돌보다가 가시면 좋잖아. 제수씨도 이제 직장 그만뒀으니 할 수 있잖아."

"형님, 지금까지 제가 옆에서 잘 돌봐왔으니, 남은 생은 형님이 잘 돌봐드리면 좋잖아요. 효도하는 셈 치고요."

"야! 그게 내 맘대로 되는 일이야?"

나는 어쩌면 좋을까. 내가 짐이 되었구나. 심장이 내려앉는 것 같다. 손에 땀이 나고 머리가 어지럽다. 어떻게 병실까지 갈까. 요양보호사를 부를까. 아니다 그러면 아들들이 내가 싸우는 소리를 들은 것을 알 수 있다. 아들들에게 마음의 짐을 주긴 싫다. 일단 아들들의 마음이 진정될 때까지 기다리자. 나는 변기에 앉은 채 한참 동안 일어날 수 없었다.

"할머니, 문어죽 여기 있어요."

보호사가 식탁 위에 죽을 올려놓으며 나에게 방 안에서 나오기를 권한다. 나는 뒤뚱거리며 벽을 짚고 식탁 앞으로 간다. 침대 위에까지 가져오겠다는 보호사를 만류했다. 내가 살아 숨을 쉬는 한 밥만은 스스로 걸어가서 먹고 싶다.

"골다공증이 심해서 모든 뼈가 위험하대요. 조심하셔야 해요"

이 주 만에 퇴원한 나는 이제 집에서는 요양보호사가 없이는 아무것도 할 수 없게 되었다. 다음으로 가야 할 곳은 밤에도 나를 돌봐주는 요양병원이다. 나는 지금쯤은 생각해봐야 한다. 나는 다시 팔팔하게 걷던 그때로 돌아갈 수 없다. 여차하면 또 골반이 어그러져 주저앉을 것이다. 보호사는 낮에만 나를 돌봐주고 밤이면 집으로 돌아간다.

어둑어둑 어둠이 내리면 나는 더욱 두렵다. 오줌이 마려운 것도 불안하다. 또 넘어질까 봐 낮에 일부러 물을 조금만 마신다. 특히 저녁 무렵에는 더욱 물을 마시지 않으려 한다. 혼자 자다가 엎어지고 넘어져 그냥 그대로 눈을 감을까 봐 무섭고 두렵다. 하지만 죽음이 다가와 육체를 가져가려는 신의 거룩한 힘에 나는 저항할 수 없다. 그때에는 순순히 응해야 할 것이다.

마음이 우울했던 지난날은 호사였다. 자식들에게 조금이나마 희망을 걸었던 때는 그래도 행복했다. 아들들이 싸우는 소리를 들은 이후로 나는 희망 따위는 갖지 않겠다고 다짐했다. 끝까지 혼자 살다가 죽을 것이다. 그렇지만 보호자 없이 밤에 갑자기 죽어버리면 내 아들들에게 불명예스러운 일이 될 것이다. 나는 이제 밤에도 나를 돌봐주는 요양병원으로 가야 한다.

요양병원 차가 왔다. 희망요양병원이라고 적혀 있다. 골목이 좁아 빌라 입구까지는 들어오지 못한다. 병원차가 있는 곳까지는 걸어가야 한다. 그들이 응급침대를 끌고 오려 했지만 나는 말렸다. 차 안까지 만이라도 혼자 걸어 갈 것이다.

밥을 해 먹는 것도, 주변을 정리하는 것도, 걷는 것까지도, 요양보호사의 도움을 받았다. 게다가 아들들에게 마음의 짐까지 주었다. 이번만큼은 혼자서 당당하게 걸어보겠다. 마지막 자존심을 꼭 지킬 것이다. 나는 안간힘을 다해 일어섰다. 자식들은 아무도 보이지 않는다. 속이 상해서 오지 않았을 것이라 생각한다. 한 손으로 벽을 짚고, 한 손은 지팡이를 짚고, 한 발 한 발 앞으로 간다. 방문을 지나고 거실 바닥에 고꾸라질 듯 발을 얼른 내딛는다. 지팡이를 놓으려 하자 보호사가 다가온다. 나는 그녀를 뿌리친다. '놔둬!' 허리를 반쯤 펴고 다리에 힘을 준다. 앞으로 갈 수 있을 것 같다. 한 손으로 벽을 짚고 오른쪽 발을 먼저 내딛는다. 다음은 왼쪽 발을 내딛는다. 벽을 잡고 있는 손을 뗀다. 두 다리가 후들거리지만 넘어지진 않는다. 한 걸음, 두 걸음 현관문을 나서고 좁은 골목길을 아장아장 걸어간다. 오십 걸음 정도 앞에 병원차가 있다. 다리는 약간 구부정하지만 넘어지진 않는다. 구부정하던 허리까지 곧추세우고 자박자박 걷는다. 오십 걸음을 나는 걸어왔다. 혼자서 당당하게 걸었다. 마지막 품위를 지켰다. 뿌듯하다.

간호사가 차문을 열어준다. 안에 있던 간병인이 나를 부축하여 앉히고 좌석에 고정시켜준다. 나는 요양병원으로 간다. 저 빌라에는 누가 들어올까. 아마도 당분간 비어 있을 것이다. 나의 체취가 사라지고 나면 누군가 들어올 것이다. 아니면 완전 철거되어 나의 흔적은 영원히 사라질지도 모른다.

햇볕이 뜨겁다. 신의 부름에 응해야 할 시간만 기다리는 나는 그 우울함을 해바라기로 달랬다. 오늘도 휠체어에 앉아 강이 내려다보이는 희망요양병원 옥상에서 햇볕을 쬐고 있다. 두 시의 햇살은 정말 뜨겁다 못해 정열적이다. 눈을 감는다. 정수리에 잉걸불이 얹혀있는 듯하다. 나를 잊지 않고 찾아왔던 아들과 딸들의 얼굴이 지나간다. 아지랑이인지 아니면 초여름의 신이 터뜨리는 물방울인지 모를 것이 까만 눈앞에서 아롱거린다.

내가 가장 젊었고, 가장 행복했던 때로 돌아간다. 내 머리에 아들의 학사모가 얹혀 있고 남편은 옆에서 싱글벙글이다. 읍내에선 플래카드가 반겨준다. 동네 사람들이 우리 집에 몰려온다. 남편이 꽹과리를 두드린다. '하늘은 오렌지색 꾸냥의 귀걸이는 한들한들. 꽃마차가 달려온다. 방울 소리 들린다.' 눈을 뜨기 싫다. 그냥 이대로 일편단심 남편 곁으로 가고 싶다. 내가 가장 행복했던 때에, 가장 뜨거운 햇살 아래서.

"할머니, 여기 계셨네요? 아드님께서 면회 왔어요."

해바라기의 절정에 취해 있는 나를 방해하는 간호사가 얄밉다. 그러나 내심 반가웠다. 간호사는 휠체어가 덜커덕거릴 정도로 빠른 속도로 옥상을 벗어나고 면회실로 향했다. 나는 쌩하니 달려가는 휠체어가 다소 불편했지만 기쁜 마음은 감출 수가 없다.

(『울산문학』, 2021년 봄호)

상호텍스트성의 소설 기법

송명희 | 문학평론가 · 부경대 명예교수

전혜성의 소설에서 상호텍스트성은 중편소설 「백 년의 민들레 – 여성소설의 기원」에서 특징적으로 발견되는 기법이다. 이 작품은 우리나라 근대문학사에서 최초로 등단한 여성 작가 김명순(1896~1951)의 전기적 사실과 그녀가 쓴 작품들을 인용하면서 소설 쓰기를 하고 있다는 점에서 매우 특이한 소설이다.

그렇다고 이 작품이 사실에 기반한 김명순의 전기는 아니며, 허구로서의 소설임에 분명하다. 왜냐하면 김명순의 전기적 사실에 어느 정도 기초해 있지만 나머지는 김명순이 쓴 소설의 인용에다 작가 전혜성의 소설적 상상력이 결합되어 가공의 인위적 세계를 창조했기 때문이다. 실제 모델이 있는 소설의 경우에 일반적으로는 전기적 사실에다 작가의 상상력을 결합시켜 쓴다. 하지만 「백 년의 민들레 – 여성소설의 기원」의 경우는 실제 모델인 작가의 전기적 사실에다 작가가 쓴 작품들을 편집, 인용하며 인물과 사건들을 구성하고 있다.

그런데 김명순의 전기적 삶을 백 퍼센트 사실 그대로 인용한 것이 아니며, 인용한 김명순의 소설도 일정 부분 작가의 경험을 반영하고는 있지만 자전적 작품들이 아니라는 것, 그리고 인용하는 방식에서도 작가 전혜성의 고쳐 쓰기에 의한 변형이 이루어졌다는 점에서 「백 년의 민들레─여성소설의 기원」은 허구의 텍스트임에 분명하다. 작가 김명순, 김명순의 작품들, 전혜성 작가의 상상력이 분리할 수 없을 정도로 뒤얽혀 있는 이 작품을 읽는 동안 나는 내가 읽고 있는 것이 김명순의 전기인가, 아니면 전혜성의 소설인가 분간할 수 없는 착각 속으로 빠져 들어갔다.

상호텍스트성(intertextuality)이라는 용어는 일차적으로 텍스트와 텍스트의 관계 즉, 텍스트들 사이의 관계를 의미한다. 여기서 텍스트는 둘일 수도 있고, 그 이상일 수도 있다. 불가리아 출신의 프랑스 기호학자 줄리아 크리스테바(Julia Kristeva, 1941~)는 러시아의 문예 이론가인 바흐친에 관한 「언어, 대화, 그리고 소설」이라는 논문에서 모든 텍스트는 다른 텍스트의 흡수와 변화를 통한 인용의 연속으로 구성되어 있다고 상호텍스트성 이론을 주장하며, 기존 비평가들이 주장하던 텍스트의 자족성과 독자에 대한 작가의 일방적인 영향력이란 개념을 파괴하였다.

크리스테바는 문학작품을 비롯한 모든 문헌은 단일한 작가의 생산물이기보다는 그 외부에 존재하는 여타 문헌들과 미디어 자료, 언어 구조와의 상호작용으로 생산된 것이라고 주장하였다. "모든 텍스트는 인용구들의 모자이크로 구축되며 모든 텍스트는 다른 텍스트를 받아들이고 변형시키는 것"이라고 상호텍스트성의 개념을 규정했던 것이다. 전혜성의 소설 「백 년의 민들레―여성소설의 기원」은 김명순의 전기적 삶에다 그녀의 작품에 관한 인용이 모자이크처럼 변형, 구성되어 있다는 점에서 상호텍스트성을 말하지 않을 수 없다.

사실 작가가 어떤 개성적인 이야기를 새롭게 창조해낸다 하더라도 이전에 존재했던 무수한 스토리들과 전혀 무관하다고는 말할 수 없다. 바흐친은 인간의 삶 자체가 남의 이야기와 자신의 이야기가 서로 섞이는 상호 교차적인 대화의 과정이라고 했다. 하늘 아래 더 이상 새로운 이야기는 없다는 것은 상호텍스트적인 관점에서 완전히 새로운 이야기는 존재하지 않는다는 뜻이다. 상호텍스트성은 텍스트의 유일한 소유자이자 창조자로서 작가의 위상을 인정하지 않는다. 롤랑 바르트는 『저자의 죽음』 등의 저서에서 '저자의 죽음'과 '독자의 탄생'을 선언하며, 글을 쓰는 것은 이미 형성되어 있는 사고와 감정들을 기록하는 과정이라기보다는 기표를 기록하고 기의가 알아서 형성되는 것이라고 주장한 바 있다.

원래 저자(author)라는 존재는 자신의 작품이나 창조물에 대한 창조적 주체이다. 따라서 저자라는 호칭은 창조물로서의 작품에 대한 권위의 원천으로서의 의미를 지닌다. 하지만 후기구조주의와 포스트모더니즘에서는 '저자의 죽음'을 말한다. 왜냐하면 유일무이한 창조자로서의 저자는 더 이상 존재하지 않고, 더 이상 새로운 이야기는 창조될 수 없으며, 상호텍스트성을 지닌 텍스트만이 존재하기 때문이다. 롤랑 바르트는 과거처럼 권위적인 저자가 존재하지 않는다는 의미에서 저자의 죽음을 선언했던 것이다.

　한 장 두 장 원고를 넘기던 그녀는 마지막 소설이 되고 만 「모르는 사람같이」에서 시선을 멈췄다. 짧지만 강렬했던 글, 가슴속이 답답하다가 먹먹하기를 반복했다. 위장이 빽빽할 만큼 거칠게 먹은 것도 없는데, 왜 이럴까. 유순과의 이별을 떠올린 때문일까. 파릇파릇 봄날 새싹처럼 설렘으로 만나고 붉그레 물드는 저녁노을처럼 그리움만 한 가득 안겨주고 떠난 사람.

　'바다 건너 오기 전날, 성균관 앞 포플러나무 아래서 바스락거리던 낙엽이 으깨지도록 기다렸지. 도덕의 굴레로 단절된 그간의 감정을 어떻게 풀 수만 있다면 다시 봄날의 속살처럼 설레던 그때로 돌아갈 수 있을지도 모른다는 기대에 잔뜩 부풀어서는.'

　"명순 씨."

　부르는 소리에 그녀는 불꽃처럼 타오르는 애정을 억눌렀다. 겉으로는 냉랭한 태도를 애써 보이면서. 그가 "산보하세요?"라며 평범하면서도 어색한 어조로 말을 걸어왔다. 그녀도 "어떻게 오셨어요"라며 마음과는 달리 서먹하게 대답했다. 그러고는 침묵으로 일관했던 그날, 남들의 이목 때문에 우리가 희생되어야 하냐고 울부짖었지만, 유순은 아무 말도 없었다. 다만 우울하게 고개를 떨궜을 뿐이었다. 쓸쓸한 침묵이 계속되던 끝에 유순과 정말 모르는 사람같이 그렇게, 저 창자 밑동에서부터 올라오는 울음을 꾸역꾸역 삼키며 냉정하고 고요하게 헤어졌다.

　　　　　　　—「백 년의 민들레—여성소설의 기원」, 14~15쪽

　　인용된 대목은 「백 년의 민들레—여성소설의 기원」의 첫 장인 '풀꽃 자화상' 부분으로 1929년 5월에 『문예공론』 1호에 발표한 김명순의 소설 「모르는 사람같이」를 인용하고 있다. 「모르는 사람같이」는 단편이라고 하기에도 그 분량이 미흡한 콩트 정도의 매우 짧은 소설이다. 이 소설은 "쾌청한 가을 날씨였다. 성균관 앞에 황 들어 드높은 포플러 나무들이 맑은 햇빛을 받아 저 파란 하늘 한복판에 황금빛을 휘풀어 그으려는 듯이 높이높이 빗날리고 있었다"로 시작한다. 하지만 전혜성의 작품에서 이와 같은 서두의 묘사는 "성균관 앞 포플러 나무 아래서 바스락거리던 낙엽이 으깨지도록"처럼 성균관 앞이라는 장소와 포플러 나무, 가을이라는 계절과 같은 정황만이 인용되어 있다. 그리고 등장인물은 「모르는 사람같이」에서는 순실과 창일이다. 하지만 제1장 '풀꽃 민들레'에서는 명순과 유순이다. 순실과 창일, 또는 명순과 유순은 남들의 오해 때문에 결혼 전날 파혼한 사이이다. 그런데 1년이 지나 오해가 다 풀리어 다시 만나는 장면을 원작 「모르는 사람같이」에서는 재현하고 있다. 「모르는 사람같이」에서 왜곡된 헛소문에 순실과 파혼하고 다른 여성과 결혼한 창일이 순실에게 "남의 과실로 우리는 희생되어야 합니까?"라고 매달리지만 순실은 냉정하게 거절한다. 그녀는 헛소문에 휘둘려 파혼 선언을 한 창일을 절대 용서하지 않을 뿐만 아니라 그것을 남의 과실로 돌리며 변명하는 데 대해서도 혐오감을 표출한다. 그런데 전혜성의 소설에서는 명순이 매달리고 아무 대답도 하지 않은 채 그 냥 떠난 유순에 대한 아쉬움을 회상하는 것으로 관계가 역전되어 있다. 말하자면 전혜성은 원작「모르는 사람같이」를 고쳐 쓰기를 하고 있는데, 이는 일종의 패러디(parody)이다. 패러디는 단순 모방이 아니라 의도된 모방이다. 전혜성은 김명순의 원작「모르는 사람같이」를 읽으면서 원작의 의도와는 다르게 순실, 아니 명순의 불행을 더욱 심화시키기 위한 의도에서 그와 같은 고쳐 쓰기를 한 것으로 보인다. 따라서 원작에서 남성 인물(창일)을 비판한 김명순의 페미니즘의 의도와는 상당한 거리가 발생한다. 정이현의 단편소설「이십세기 모던 걸—신김연실전」에서 김동인의「김연실전」을 패러디함으로써 김동인의 김명순에 대한 왜곡을 바로잡고자 했던 것과는 다른 차원의 패러디이다.

작중의 '정유순'이라는 인물은 제4장 '여성소설의 탄생'에서 본격적으로 소환된다. 정유순은 아마도『창조』동인이자 화가, 그리고 희곡 작가이자 평론가이기도 했던 김찬영(김유방)을 모델로 삼았을 가능성이 크다. 그는 조선인으로서는 고희동, 김관호에 이어 도쿄미술학교에 세 번째로 입학한 미술학도였다. 기혼자인 그는 김명순과 한때 사랑했던 사이라고 알려진 인물이다. 여기서 김명순은 탄실이라는 필명(아명)으로 호명되는데, 정유순은 평양 부호의 아들이자 화가이다. 이 장은 김명순과 정혼자가 있는 정유순 사이의 이루어지지 못한 짧은 사랑의 이야기를 다루는데, 두 사람의 관계를 보여주기 위해 김명순의 소설「돌아다볼 때」에서 기혼자인 송효순과 미혼의 류소련의 안타까운 사랑을 인용하고 있다.

한편 '여성소설의 탄생'은 김명순의 등단작 「의심의 소녀」를 쓰는 과정을 상상적으로 보여준다. 얼핏 볼 때에 '여성소설의 탄생'은 일종의 메타소설(metafiction)로 읽힌다. 메타소설은 소설 속에 소설 제작의 과정 자체를 노출시키는 것을 기법으로 한다. 메타소설은 픽션과 리얼리티 사이의 관계에 의문을 제기하면서 작가가 스스로의 글쓰기 행위에 대해 비판하고 반성하는 자의식적 행위를 글 속에서 보여준다. 그것은 소설의 창작과 그 소설의 창작에 관한 진술을 동시에 하는 것으로 나타나는데, 자신의 텍스트에 대한 불신, 의혹, 상상, 환상 등의 방법을 동원한다. 외부세계를 향했던 거울의 반영적 특성을 소설 내부를 향해 비추며 자신의 소설 쓰기에 대한 자의식을 드러내는 것이 메타소설이다. 그리고 메타소설은 패러디와 불가분의 관계를 가진다.

'여성소설의 탄생'은 정확히 김명순의 1917년 『청춘』의 등단작 「의심의 소녀」를 쓰는 과정을 보여준다는 점에서 메타소설이다. 하지만 이것은 단지 기법적 차용일 뿐이다. 왜냐하면, '여성소설의 탄생'은 김명순의 소설이 아니라 전혜성의 소설이기 때문이다. 따라서 정확한 의미의 메타소설이라기보다는 작중의 주인공 김명순이 자신의 등단작 「의심의 소녀」를 쓰는 과정을 작가 전혜성이 상상적으로 보여주었다는 뜻에서 일종의 예술가소설인 셈이다. 예술가소설은 작가(예술가)를 주인공을 내세워 소설 쓰기의 과정을 보여주는 소설로, 제4장의 '여성소설의 탄생'은 우리나라 백 년의 여성문학사에서 「의심의 소녀」라는 최초의 여성소설이 어떻게 탄생하였는가를 상상적으로 보여준 것이다.

제5장 '유학 그리고 사랑'에서는 김명순의 단편소설 「칠면조」(1921)

를 패러디하고 있고, 제10장인 '망양초, 그녀'에서 김명순의 소설 「돌아다볼 때」(1924)를 패러디하고 있다. 이 밖에 일일이 언급하지 않아도 부분부분 인용, 편집한 대목들은 수없이 많다.

「백 년의 민들레─여성소설의 기원」은 '풀꽃 자화상', '홀로 피는 꽃', '편견의 끝', '여성소설의 탄생', '유학 그리고 사랑', '열정, 그 아름다움', '스캔들', '고향의 봄은', '혼란 속에도 꿋꿋하게', '망양초, 그녀', '다시 피는 민들레' 등 총 11개의 장으로 구성되어 있다. 어떤 장은 김명순의 전기적 삶이 인용된 텍스트이며, 또 어떤 장에서는 김명순이 쓴 작품이 텍스트로 인용되어 상호텍스트성을 형성하고 있다. 물론 여기에 작가 전혜성의 상상력이 첨가되어 있음을 말할 필요가 없다.

> 아오야마 병원 울타리를 둘러싼 플라타너스의 가지 끝에 파릇파릇 새싹이 돋아나고 잎사귀들이 풍성해올 때, 그녀의 몸은 죽음을 맞이했다. 썰렁하기 짝이 없는 병실에서 초라하게 죽었다. 그렇게 자유연애를 갈망하고, 여성 문인으로서의 자존감에 목말라하던 그녀의 영혼도 민들레 씨앗처럼 바람을 타고 훨훨 날아갔다. 그녀의 머리맡에는 책 몇 권과 묵주만이 덩그러니 놓여 있었다.
>
> 혼란과 격동의 시대에 태어나 일제의 탄압과 억압의 사회 속에서 젊은 시절을 보내고 죽음까지도 분명하게 기록되지 못한 김명순, 아명 탄실, 필명 망양초. 그녀는 그렇게 죽음을 맞이했다.
>
> ─「백 년의 민들레─여성소설의 기원」, 105~106쪽

인용한 대목은 「백 년의 민들레—여성소설의 기원」의 결말이다. 일본의 아오야마 병원에서 쓸쓸히 생을 마감한 김명순의 죽음으로 작품은 끝이 난다. 전혜성이 파악한 김명순의 이야기는 혼란과 격동의 시대에 태어나 일제의 탄압과 억압의 사회 속에서 젊은 시절을 보내며, 처절한 가난에 시달리면서도 자유연애를 갈망하고, 여성 문인으로서의 자존감에 목말라하며, 죽음까지도 불분명하게 기록되고 만 여성 작가 1세대의 좌절되고 불행한 삶의 기록이다. 하지만 작가가 각 장에서 민들레꽃에 관한 소회를 밝혀 나갔듯이 김명순은 남성 중심의 가부장제 사회에서 잡초와도 같은 강인함으로 차별과 질시를 뚫고 문학을 하고 치열하게 삶을 살아 우리 근대문학사 최초의 여성 소설가가 되었다.

전혜성은 김명순의 전기적 생애와 그녀의 작품들을 모자이크처럼 편집하는 상호텍스트성의 소설 쓰기를 함으로써 불행했던 김명순의 삶과 문학을 복원하고자 했다. 그런데 전혜성은 김명순의 당당한 페미니스트로서의 삶과 문학보다는 그녀가 겪었던 억압과 불행에 더 관심이 갔던 것 같다. 따라서 소설집에 수록한 4편의 다른 소설들과 마찬가지로 사회적 약자에 대한 연민의 시선으로 김명순을 그려냈던 것이다. 하지만 김명순이 다시 살아난다면 자신을 당당한 페미니스트 여성이요, 작가로 기억하고 문학사에서 포지셔닝(positioning)해주기를 원하지 않았을까?

「백 년의 민들레—여성소설의 기원」 이외에도 이번 소설집에는 가족제도에서 소외된 노년 여성의 이야기를 쓴 「해바라기」, 박정희 군사정

권 시절 데모를 했다고 오인되어 끌려가 고문을 당했던 고교생에 대한 후일담인 「기억의 이분법」, 우울증에 걸린 여성의 이야기인 「M」, 1,500만 원의 월수를 보장하다고 해서 다단계 판매에 빠졌던 여성의 이야기를 쓴 「해수」 등의 단편소설을 수록하고 있다. 이 모두 현재 우리가 살아가는 사회와 이웃에서 흔히 마주칠 만한 소재들이다. 작가는 이들 사회적 약자에 대해 따뜻한 연민의 시선으로 서사를 끌어가고 있다.

「백 년의 민들레—여성소설의 기원」은 우리 근대문학사에서 배제되고 소외된 여성 작가 1세대인 김명순을 주인공으로 하여 그녀의 삶과 문학을 상상적으로 복원한 이야기다. 문학사에서 배제되고 소외된 여성 작가의 삶과 문학을 가시적으로 복원시키는 것이 여성문학의 과제라고 할 때에 전혜성은 여성문학이 지향하는 목표에 철저한 소설 쓰기를 했다고 할 수 있다. 아무튼 이 작품은 김별아의 장편소설 『탄실』(2016)과 더불어 여성 작가 김명순의 삶을 복원시킨 소설로 기록될 것이다.

대학원에서 국문학을 전공했던 전혜성은 「백 년의 민들레—여성소설의 기원」에서 상호텍스트성, 패러디, 메타소설적 기법들을 자유롭게 구사했다. 앞으로도 기법 면에서 독창적이고 차별화된 소설 창작을 해나가기를 바란다.

백년의 민들레

전혜성 소설집